魚だって恋をする

作 今江祥智

長新太 絵

BL出版

魚だって恋《こい》をする

もくじ

第一章・「稽古場」

ずびィん！

重いのにするどい音が、道場の空気をななめに切りさいた。

道場の四《よ》すみで竹刀稽古《しないげいこ》をしていたうちの三組六人の動きが止まり、六人の目が、その音の主《ぬし》にすいつけられた。

六人の目にうつったのは、小さな人影《ひとかげ》が竹刀をはすにかまえたまま立っていて、大きな人影のほうが、くらりとかたむく姿《すがた》だった。

（まさか、あの……）

六人が六人とも、おなじ思いだった。

まさかあの師範代《しはんだい》が——お師匠《ししょう》さまのかわりに稽古《けいこ》をつけてくださる酒井《さかい》さまが、あんなのに——という気もちだったからだ。

あんなの——大木新太郎《おおきしんたろう》は、入門ほやほやの小柄《こがら》な少年である。それが、まちがっても一撃《いちげき》で酒井《さかい》さまをたおせるわけがない……。

そのとおり、酒井さまは一瞬《いっしゅん》くらりとされただけで、たおれたりなどしなかった。

何事もなかったかのように、すっくと体を立て直すと、

―うむ、わしの胴《どう》をよう取りよった。

と、いつもどおりのよくひびく声で新太郎《しんたろう》をほめた。

（胴を取っただと？　そんなことが……）

六人の目が「まさか」になった。

―……まぐれ、でございました。

小さな声で新太郎がそう言ったのに、酒井さまは、いやいや、まぐれではわしの胴《どう》は取れんぞ。誰《だれ》に習《なろ》うた？ときいていた。

―我流《がりゅう》でございます。

新太郎は正直に答えたのに、酒井さまはまた、いやいやをくり返した。

―ならば、よけいに無理じゃ。

師範代《しはんだい》の目はまた、誰《だれ》に？とたずねている。

――……父でございます。

思ってもいなかったことを口にしていた。

――お父上――といえば、大木清高《おおききよたか》氏であろう？　ふうむ……。

酒井師範代《さかいしはんだい》は、口を「へ」の字に結んだまま、新太郎《しんたろう》の顔をじっと見つめた。口に出したいことをがまんしてのみこんだへの字になっている。

新太郎は、そんな師範代の目をだまって見つめ返した。負けん気にあふれた目になっている。

――そうか。それならば、そうだとしておこう。

師範代は、むっつりした顔で言った。

――……ありがとうございます。それではいま一手《ひとて》、お教えいただきますよう、お願いいたします。

師範代は、竹刀《しない》をずいとかまえた。

新太郎は、正眼《せいがん》にかまえた。

二人の竹刀《しない》の先がちっとふれたとたん、声にはならない気合いが師範代《しはんだい》の口からほとばしりでて、同時に、その背丈《せたけ》が倍《ばい》にもふくれあがったように新太郎には感じられ、思わず竹刀をにぎりしめた両手を引いていた。その右腕《みぎうで》を師範代の竹刀がしたたかに打ちすえた。あまりの痛《いた》さに、新太郎は竹刀を取り落とした。あわててしゃがんで拾おうとした、その頭すれすれのところまで竹刀がふりおろされ、ぴたりと止まった。

その気配《けはい》の重味だけで、新太郎は動けなくなった。そのまま四つんばいになって平《へい》伏《ふく》していた。しかし、まいりました——は言わなかった。

—これまで。

酒井《さかい》師範代《しはんだい》は静かに言い、竹刀をおさめた。

かたずをのんで二人を見つめていた六人のほうが、ほううっ……とためいきをついていた。師範代は、六人に稽古《けいこ》をつづけるように声をかけ、自分は道場から出ていった。新太郎はそこでやっと立ち上がり、その背《せ》にむかって深々とおじぎしていた。

（それにしても、あれはまぐれだったのだろうか……）

あの音は、新太郎《しんたろう》の耳の奥《おく》でまだ鳴っている。両腕《りょううで》にしっかり伝わった手応《てごた》えも、体で覚えている。師範代《しはんだい》の胴《どう》には、たしかに隙《すき》が見えた。その一瞬《いっしゅん》をのがさず、新太郎は竹刀《しない》を走らせていたのだから、たしかな「一本！」のはずであった。

そこで初めて気がついた。師範代は「胴」をつけておられた。ふつう、新太郎のような新入り相手に稽古《けいこ》をつけてくださるときには、そんなものはつけぬものだ。

（そうか。あれはやはりおためしだったのか……）

わざと見せてくださった隙《すき》なのである。ただし、新太郎はそれを見のがすことなく打ちこんだ。それだけでもほかの者らを驚《おどろ》かせるに足《た》るものだった。――そこまで思いあたると、新太郎にようやくほかの六人の稽古を見ようとするゆとりが生まれた。道場のかたすみに正座《せいざ》し、新太郎は三組六人が再開《さいかい》した稽古を見渡《みわた》していた。そうしながら、今度は師範代との問答《もんどう》を思い返していた。

（あれは我流《がりゅう》のものだ。父上どころか、誰《だれ》に教わったというものでもない。しいて言うならば、父上のあまりに不甲斐《ふがい》ない剣《けん》の腕《うで》を知ってなさけなく、ならばいっそと、裏山《うらやま》で一人《ひとり》稽古《げいこ》をしつづけて身につけてきたものだ……）

家の裏山にたまたま見つけたけもの道を入っていくと、ふいに空き地《あち》に出た。何本もの倒木《とうぼく》が朽《く》ちたあとにできたものだろう。そのかたすみに一本の樫《かし》の老樹《ろうじゅ》があった。その太い枝《えだ》に一本の木刀《ぼくとう》をぶらさげた。それが「相手」だった。木刀をしばるひもの長さをいろいろにかえ、しばるところをかえることで、木刀の角度もゆれもちがってくる。それが何人もの相手——のかわりをつとめてくれた。

新太郎は、そこでの一人稽古を三年つづけてきた。誰《だれ》にも話したことはない。誰もそんなところも、そのような「稽古場《けいこば》」があることも知らなかった。

はじめのうちは、大ゆれし、思いもかけない速さでおそいかかる木刀をさけきれずに、頭といわず腕《うで》といわず、あちこちを突《つ》かれ、打たれた。生傷《なまきず》がたえなかった。母親のたかのは、息子《むすこ》の傷《きず》に気づいていたが、どうしたとはたずねなかった。息子がだまっているからには、そっと見守っていようと思ったからである。小柄《こがら》ながら、息子の腕《うで》が、体が、少しずつかっしりしてくるのをちゃんと見てとっていた。夫にはない落着きというか、大人《おとな》の武士《ぶし》がもつゆとりのようなものが、少しずつ息子《むすこ》のうちに芽ばえてくる気配《けはい》も見てとっていた。

(母上はどうやら何かあると察しておられるような……)

新太郎《しんたろう》にもそれはわかっていた。まさか、あの稽古場《けいこば》を知っておられるわけはあるまい。ただ、自分の立居《たちい》ふるまいなどが少しずつかわってくることに何かを感じとっておられる……と、わかってきたのである。

ある日、静かな口調《くちょう》で、そろそろ道場にでもかようてはどうか——と切り出したのも、たかのだった。心あたりをいくつかあたり、ここならばと思えるところが見つかりましたゆえ……というふうにすすめてくれた。

それが、この道場なのだ。

新太郎は、ここではどうやらいちばん年下らしかったが、年齢《とし》と腕《うで》とはかかわりがない。今日の「一本」で、少なくともいま自分の目の前で稽古《けいこ》している六人が、自分に一目《いちもく》置いてくれたらしいとは、さきほどからのみんなのようすから、読み取れた。あれが師範代《しはんだい》のおためしとも知らずに動いた新太郎の太刀《たち》さばきのすばやさには、六人を驚《おどろ》かせるものがあったのだ。みんな、見て見ぬふりをしたがっているが、新太郎の腕《うで》は、それなりにわかったにちがいない。

そうは思ったものの、新太郎はかしこまったようすでみんなの稽古《けいこ》を見ていた。六人それぞれの腕のほどを見ていた。我流《がりゅう》にはない竹刀《しない》さばきがあった。「型《かた》」もうっすら見えてくる。かなりのものだともわかってくる。新太郎は、誰《だれ》かに声をかけてもらいたかった。稽古をつけてもらいたかった。けれど、誰もそうしてくれなかった。さっきの立合いを見てしまったもので、新太郎がそこにいないかのように、わざとふるまっていたのだ。

そうだとわかると新太郎はあきらめがよかった。立ち上がって、六人にむかってきちんと一礼すると、道場から出ていった。誰も引きとめる声をかけるまもないくらい、すばやい身ごなしであった。——

表に出ると、新太郎《しんたろう》はまっすぐに裏山《うらやま》の稽古場《けいこば》にむかった。あの、自分でさんざん工夫《くふう》した宙《ちゅう》づりの木刀は、無口ではあったが、ちゃんと相手はしてくれる。それも、まったく思いもかけない打ちこみ方で新太郎におそいかかる。はねあげてやると、今度はゆれかえしがある。道場で教わる「型」にはない動きや速さがある。それを相手に三年かけたからこそ、今日の師範代《しはんだい》のおためしを切りぬけられた。誰《だれ》に習《なろ》うた?

——と、師範代がきいてくださるような打ちこみもできたのだった。

＊

樫《かし》の老樹《ろうじゅ》は、いつもとかわらず新太郎をむかえてくれた。新太郎は枝《えだ》から木刀をおろし、師範代がかまえた竹刀《しない》の高さや角度を思いおこしながら、枝につるし直した。何度もていねいにやり直し手直しした。たしか、こんなぐあいだったぞ……。

それから木刀の正面に立ち、自分は竹刀をしっかりかまえた。枝の木刀は風のぐあいに合わせてわずかにゆれながら新太郎をねらっている。まるであの師範代が目の前にいるかのようだ。

新太郎は打ちこむ隙《すき》がないのに気づいて、少しずつあせってきた。きのうまで誰《だれ》もいなかった木刀のうしろに、今日はあの師範代《しはんだい》がいた。あの道場にかようことにしてよかったと思えたのはそのときである。

新太郎は、今日からは見えてきた相手にむかって、するどい気合いをかけた。するとそれに応《こた》えるかのように、樫《かし》の木のうしろで何やら物音がした。いや、物音ではなかった。

誰かが忍《しの》び笑《わら》いしている。そのほんのかすかな気配を風が運んできてくれたのだ。

—何者か！

新太郎は大声できいた。

忍び笑いが消え、人の気配も消えた。

新太郎はひとっとびで樫《かし》の木の下にいた。誰かがかくれていたら、見のがすわけがない。せわしくあたりを見まわす。人の気配はまったくしない。

（けもの道の奥《おく》のことだ。古ぎつねか何か、もののけがいてもおかしくはないぞ）

そう思い直したとき、そんな新太郎《しんたろう》の思いを読んだかのような声があがった。

―きつねさんなのかとうたがわれては困《こま》ります。

女の――まだうんと若《わか》い女の声だった。

―何者か?

声のしたほうに一歩ふみだしながら、も一度きいた。竹刀《しない》はうしろ手にかまえている。若いとて、女だからとて、容赦《ようしゃ》はせぬぞ……。

すると、声のしたあたりとはまったく反対のほうに人の気配を感じた。ふりむくと、女の子が立っていた。いや、まったくいきなりに、だった。

―逃《に》げもかくれもいたしません。

女の子は、からかうような口ぶりで言った。

―山菜《さんさい》のいろいろを摘《つ》みに山に入っておりましたら、気がつくとここに出ましただけで……。

新太郎の怒《おこ》ったような顔にも、おびえるようすはない。

—舞《まい》、と申《もう》します。

相手から名のられては、新太郎もだまっているわけにはいかなくなった。

—新太郎と申す。大木新太郎《おおきしんたろう》だ。

できるだけぶっきらぼうに言ってやった。

舞、と名のった少女は、色白《いろじろ》な顔に切れ長の目を二つともしたような感じで、その目の光で照らすように、まっすぐに新太郎を見ている。もののけのあやしさなど、かけらもなかった。新太郎は自分の早合点《はやがてん》を恥《は》じ、まず手の竹刀《しない》を置いてから、今度はおだやかにたずねた。

—どうしてここを知ったかと問うておる。

—さきほども申しあげましたように、山菜《さんさい》のいろいろを摘《つ》みに山に入っておりますうちに、ここに出ましただけのこと……。

うそをついている声ではないと思った。少女は左手にもった籠《かご》をさしあげてみせた。

—ほれ。ここにこうしていろいろと……。

――わかった。それならば、さきほどは、なぜ笑《わろ》うた。

――だって、あんなにこわーいお顔で、ひとりあそびなさっておられましたもの。

――ひとりあそび、だと。

――人の気配に樫《かし》の木のところまでまいりましてようすをうかがいますと、そちらさまお一人のお姿《すがた》しか見えません。それが、樫の木にむかって竹刀《しない》をかまえて、おにらみでした。こわいお顔でございました。

――枝《えだ》の木刀は目に入らなかったのか。

――そちらさまの目配りを追ってすぐに気がつきました。それでも、なんだかおかしくなってしまって……。

そう言ってから、ごめんなさい――と素直《すなお》にあやまった。

――わかった。それにしても、さきほどは気配を消しおったな。どこで習《なろ》うた。

――おうちです。

――誰《だれ》に習うた。

―おじいさまにです。

―武士《ぶし》だな。

―ご隠居《いんきょ》さまで――した。いまはちがっております。

―どうちがっておるのだ?

―さあ、どう申しあげれば……。

少女は小首をかしげて新太郎《しんたろう》をじっと見た。ものおじしない目だった。新太郎は若《わか》い女――といってもまだ少女だが、とにかく女の目に、そんなふうに見つめられたことなどなかった。それに、さきほどからあまりにこちらから問いつめすぎてはいぬか。むこうは正直に話しているではないか。新太郎は少しひるんで目をふせた。こんな少女にあれだけ仕込《しこ》むとは。そのご隠居《いんきょ》とやらは、なかなかにできるな、と思っていた。会《お》うてみたいもの、教わりたいものよ、とも思っていた。

そこまでは、ひい・ふう・みい……と数えるくらいのましかなかったのに、目の前の少女がいきなり消えていた。

樫《かし》の木のうしろは草深く、人の丈《たけ》ほどにも茂《しげ》っている。そこにもぐったものか。それにしても早業《はやわざ》だった……。

新太郎は竹刀《しない》をつかみとると、その草むらにとびこんでいた。草をあらあらしくなぎはらいながら探《さが》していた。

少女は消えてしまった。きれいさっぱりと。またしても気配のかけらすら残していなかった。

初めてここに「出ました」にしては、逃《に》げ道《みち》まで知っているぞ――と、そのときになって気づいていた。何度か来たことがあるにちがいない。もしかしたら、自分の「一人稽古《ひとりげいこ》」も何度か見られたかもしれぬ。あれがもののけでないならば、たしかめねばならぬぞ。そう思ってあたりをかけまわって探したが、無駄骨《むだぼね》におわった。やはり、誰《だれ》も見つからなかった。まるでさっきまで目の前にいたのがうそのように、しーんとしていた。

(まぼろしだったのか？　まさか……)

さいぜんの、鈴《すず》をふったような明るい声も、初めの忍《しの》び笑《わら》いも、まだ耳許《みみもと》に残っている。

そこで新太郎《しんたろう》は、その少女の顔のつくりをよく覚えてはいないことにも気づいていた。あの大きくて、白い顔にともったような目のせいか。目が、灯《あかり》のように、顔のつくりのほかのところを消してしまったものらしい。

(しかし、たしか「舞《まい》」と言うたな。それならばまた出会《でお》うたときにたしかめられるわ)

やっと自分を納得《なっとく》させて、新太郎は稽古場《けいこば》からはなれた。

家にもどると、たかのに入門のこと、おためしのことは話した。けれど、あの女の子のことは、どうしてだか言えなかった。あんなふうにあしらわれてしまったことを正直に話すと、母親とはいえ、からかわれはすまいか——と、ふと思ったからである。

——……それはようございました。

たかのは、自分のすすめた道場だったせいか、ほっとしたようにそう言い、ほかに何かありませんでしたか、ときいた。新太郎はどきんとしたが、

—いや、べつに……。

できるだけ落着いて答えた。ただ、目がほんのちょっとうろうろした。たかのはそれを見のがさなかった。けれど、あえてそれ以上はきかないことにした。

—父上は？

—今夜もお出かけですよ。

—今夜も？

—ここのところまた、二、三日おきに、夜分《やぶん》になるとどこへやらお出かけのごようす……。

言いながら、ちらとほほえんだ。

そのわけはちゃんと知っていますが、話しませんよ……といった笑顔《えがお》になっていた。

新太郎も、それ以上はきかないことにして、自分の部屋に入った。

今日の一日は、いつもの三倍《ばい》にも四倍にも長かったような気がしていた。あおむけに寝《ね》そべると、まぶたが急に重くなった。

*

夢《ゆめ》をみていた。

あの師範代《しはんだい》が何やらおかしそうな顔で竹刀《しない》をかまえている。新太郎《しんたろう》もその前で竹刀をかまえているのだが、見ると、なんとあの少女が師範代の竹刀の上にちょこんと腰《こし》かけているのだ。ネズミくらいの大きさしかないのに、目の光はするどくて、その目が何やら竹刀の目、のように見えてしまうのである。

師範代が大きく両腕《りょううで》をあげて竹刀をかざした。少女は今度は竹刀に両手でぶらさがっている。新太郎はなんだかおかしくて吹《ふ》きだしそうになる。

(胴《どう》ががらあきではないか。打ちこめ)

誰《だれ》かがそう言った。なのに、竹刀にぶらさがっている少女が可愛《かわい》くて、新太郎はふみこむことも打ちこむこともできなかった。

そこで、あのときとおなじように、いきなり少女が消えた。気配も消えた。

そのとき、遠くのほうで新太郎を呼《よ》ぶたかのの声がした。その声は少しずつこだましながら大きくなってくる。

新太郎は夢《ゆめ》の中から大声で返事していた。そしてその自分の声でめざめていた。まだあのネズミの姿《すがた》はうっすら残っている。それが、ついと部屋の暗いすみっこに消えた。

第二章・お供

目をあけると、部屋の中はもう薄暗《うすぐら》かった。

(うたた寝《ね》のつもりだったのに、しっかり眠《ねむ》ってしまったようだ)

新太郎《しんたろう》は、母親の声がしたほうに立っていった。

襖《ふすま》をあけると、なんと、父親と母親がそろってかしこまって座《すわ》っている。小姓組《こしょうぐみ》の見習いとして出仕《しゅっし》しはじめた自分に、お城《しろ》から何か新しいご沙汰《さた》でもあったのだろうか。新太郎は眠気《ねむけ》もふっとんでしまい、二人の前にかしこまって座った。

二人とも何か言いたげな顔で、そんな息子《むすこ》のことを見ている。父親は小さく咳払《せきばら》いしたのに、何も切り出せずにいる。母親のほうから口を切った。

—新太郎。父上からお願いがあるそうです。

(お城からじゃなくて、父上からの話か……)

新太郎はつめていた息を、そっとはいた。それにしても、あらたまってのお願いだなんて初めてのことだ。どんなことだろうか……。
新太郎はまた二人にむかって息をつめた。
――……いや、そのう、あらたまって言いだすほどたいそうなことでもない。うん。
父親は、低声《こごえ》で自分に言い聞かせるように前置きした。
――いや、その、なんじゃ、ちいとばかりつきおうてほしいと思うてのことよ。
――……つきあう？
ちょっと見当をつけかねた。
小首をかしげる息子《むすこ》に、父親はまた小さく咳払《せきばら》いしてからつづけた。
――明晩《みょうばん》あたり、ちょっと一緒《いっしょ》に来てもらいたいところがあっての。
――……？
――いやいや、堅苦《かたくる》しいところではない。城《しろ》の仕事とはかかわりのないことでな。
――……。
――茶屋町《ちゃやまち》のはずれにある小料理屋《こりょうりや》じゃ。

—こりょうりや？

おうむ返しにつぶやいて、新太郎は次の言葉を待った。

—「まい」という店じゃが……。

—ま・い？

聞いたことのある名だと思い、あっと声をあげそうになりながら、今日出会った少女のことを思いうかべていた。

（おなじ名だぞ）

もしかしたら——と思った。あの少女は「山菜《さんさい》のいろいろを摘《つ》みに山に入っておりました」と言うたぞ。

—その店では山菜なんかも使いましょうか？

いきなりそうきいていた。

—ん？　なんと言うた？

—山菜なども使う店でございますか——とおたずねいたしました。

――ふうむ。それはわからぬな。

――……？

――なにしろ、まだ入ったことがないものでな。どのようなものが供《きょう》されるかは知らんのだ。

――……。

――いや、そのう……何度か入ろうとして出かけたものじゃが、どうも入りそびれてしもうてな。ん。われながら意気地《いくじ》がない……。

（小料理屋に入る入れないで、意気地がない――もないでしょうに）

いくさで敵陣《てきじん》にのりこむ話ではないのだ。ゆっくりしにいくところでしょうに……。

新太郎だって、そのくらいはわかっていて、口をすべらしかけたが、だまっていた。

――いやそのう、どうしてそうなったかについては、いずれ話す。

父親は胸《むね》の奥《おく》にモミガラでもつまったような言い方になった。

（ほんとうは言いたくないことなのだ）

新太郎はそう読んだが、

―はい、おつきあいさせていただきます。

とだけ答えた。

父親は母親と顔を見合わせ、それはありがたい……の目になった。

＊

翌日《よくじつ》の夕方、父親はどこかいそいそしながらも、やっぱり落着かぬようすで、そのくせ妙《みょう》にうれしそうな顔でいる。城《しろ》からもどった新太郎は、さっさと体をふき、母親がそろえてくれてあったものに着がえた。

―お供《とも》いたします。

新太郎には「まい」という店の名だけが気がかりだった。あの少女《こ》の舞《まい》だろうか。少しできすぎた話ではないか……。けれど何も言わず、父親について家を出た。

茶屋町のことはそれとなく聞いてはいる。寺町、大工町、袋町《ふくろまち》をこえて、粋《いき》な小《こ》橋《ばし》を渡《わた》ったところ、らしい。もっとも、新太郎のような、まだ子どもなんぞが足をふみいれられるところではないぞ――という口ぶりで言われるのを聞いたことがあったのだ。

そういうところへ、人もあろうに父親がつきおうてほしい――と、たのんだのである。ご一緒《いっしょ》されるお友だちくらい何人かおいででしょうに……。もともとおいしいものやお酒《さけ》に目のない父親であるのは知っているだけに、よけい不思議《ふしぎ》だった。

新太郎は何かが胸《むね》につっかえて、しぶしぶつきあっている気分だったせいか、遅《おく》れがちになってしまう。けれどそんな新太郎の目から見ても、前をゆく父親の肩《かた》や背《せ》のあたりは、どこやらいそいそしているふうにうつる。

（あれなのに、どうしてそこへ入れないのだろうか）

あの足取りなら、自分なんぞにつきあわせなくとも、一人でさっさと入っていけるではないか。

新太郎は、わざと足を遅らせてやった。すると前をゆく父親は、耳ざとくその足音を聞きつけたものか、立ち止まってふりむくのだ。

（どうしたのかな？）

目顔でそうきいている。

（どうしたってききたいのは、こちらのほうなのに……）

声に出したいのをおさえて、新太郎は足早に父親に追いついた。すると父親はほっとした顔になって、また歩きだすではないか。

（することが親子、さかさまでしょうが……）

新太郎は、その文句《もんく》ものみこんだ。

＊

川というよりは、浅《あさ》い流れにかかる美しい小橋を渡《わた》ると、家々のたたずまいがかわった。町屋の軒行灯《のきあんどん》とはちがって、小粋《こいき》なつくりのものに灯《あかり》がいれられ、おいでなさいまし——といった色でともっている。初めてそんなのを目にする新太郎にも、ここは「大人」の町だと一目にわかる空気が、かもしだされているのだ。

けもの道の奥《おく》の稽古場《けいこば》で三年も一人稽古《ひとりげいこ》をしてきて、ものおじしないはずの新太郎

だったが、このあたりはどうも勝手がちがう。足をすくませるところがあり、肩《かた》に力が入ってきてしまうのである。もう子どもじゃありませんようと、肩をいからせてしまう。すると、まああつよがりなさるな……とはじきかえされてしまう。

茶屋町に入って少しいくうち、こうしたところにはいきつけらしい大人の姿《すがた》がちらほらしはじめ、そのうちの何人もが、新太郎のことを「おや？」という目つきで見るのがわかった。新太郎こそ、引き返したくなってきた。

それなのに、前をいく父親は、ここまで来れば新太郎はもうちゃんとついてくるものと決めてかかった足取りで歩いていた。

（ここは、はなれるとかえってまずいことになるぞ）

さきほどからの何人かの目つきを思い返し、新太郎はしぶしぶ足を早めた。父親に合わせていた。父親のほうも、そんな新太郎の気配を知ってか、安心した顔になって足をゆるめた。思いもかけないところに路地《ろじ》があったり、灯《あかり》のない長い黒塀《くろべい》がつづいていたりするので、うっかりすると、取り残されかねないぞ——と、新太郎は父親と並《なら》んで歩くことになった。いまいましいので、「まい」のことを考えることにした。

（おなじ名だし、もしかしたら何かかかわりがあるのかも……）

とは思えても、まさかあの少女がやってる店であるわけがない。

（店の女将《おかみ》にしては、うーんと若《わか》すぎるもんな……）

女将《おかみ》姿《すがた》の舞《まい》を思いうかべると、おかしくなって、思わずひとり笑いしてしまった。

不意打《ふいう》ちみたいにあらわれ、またふいといなくなったあの、舞と名のった少女くらい、小料理屋の女将と縁遠《えんどお》いものはないのではないか。それを、これからいこうとしている店と結びつけようとしている自分のことまで、おかしくなっていた。

父親のほうは、そんな気もちの迷《まよ》い道《みち》に入りこんでいる息子《むすこ》のことなど、とんと忘《わす》れたかっこうで角を右手にまがった。新太郎が追いつくと、

—むこうのはずれのところにある。

ふりむいて早口で言った
—ほれ、あの家だわ。

指さされたところに目をやると、こざっぱりした感じの家があり、あざやかなそらまめ色ののれんが、灯《あかり》にうきでていた。「まい」と、ひらがなで白く染《そ》めぬかれていた。その横のつつましい大きさの行灯《あんどん》にも、やさしい文字の「まい」が読めた。

その二文字の「まい」は、目にしただけでも、ついのれんをくぐりたくなる気にさせる筆づかいのものだった。それなのに父親ときたら、

——……いつもここまでなんじゃ……。

自分に舌打《したう》ちしそうな声で言うのだ。

(のれんをくぐればいいだけでしょうに)

新太郎は正直、どういうことかわかりかねた。おこしをお待ち申しあげておりました——というふうに、それこそ手招《てまね》きでもしているように見えるのれんでしょうに。

新太郎でも入っていきたくなる。

—あそこをくぐれぬわけを、やはり話してしまうしかないか。いや、そのためにも、お前にここまでつきおうてもらったのではないか……。

父親は、くぐもった声でひとりごとのようにつぶやいた。

それはぜひともお聞かせいただきます……の目になって、新太郎は父親の顔をまともに見すえた。父親ののどぼとけが大きく動いて、つばのかたまりをのみくだすのがわかった。

——……じつはな……。

父親が思いきったように切り出したとき、背後《はいご》から、細いがよくとおる声が、

——大木《おおき》さま……ではございませんか……。

と、呼《よ》びかけた。

父親はぎくりとなってふりむいて、声の主《ぬし》を見た。そしてそんな父親の目を追って、新太郎もふりかえった。

そこには、まぎれもなくあのときの少女が立っているではないか。

ただし、あのときよりよほど大人びて見え、新太郎には少しばかりまぶしかった。

着ているもののせいだぞ……とはわかっていても、新太郎は、

——ま・い……どの……。

と、「どの」つきでその名を口にしていた。

——ようこそおこしくださいました。

舞《まい》は、二人が店に来てくれたものと決めたようにそう挨拶《あいさつ》すると、のれんを片手《かたて》でかきあげ、二人を招《まね》きいれる姿勢《しせい》になった。

ひかれるように新太郎は、舞について入り、一瞬《いっしゅん》ためらったものの、残されるのがこわいみたいに父親もつづいた。二人とも、たしかにここを目指《めざ》していたくせに、なんともぎこちない入り方であった。

小部屋づくりのところが三つと大部屋とにわかれていた。舞はいちばん奥《おく》の小部屋に二人を案内してくれた。そしてやわらかな声で、

——おふたりさまァ……。

と、とおすと、奥《おく》のほうからりんとした声が、おうい……と応《こた》えた。

父親の体がびくんとふるえ、いまの声に背《せ》をむける側にあがって座《すわ》った。それを見のがしたまま、新太郎は父親のむかい側にあがり、

—お目あての店に、こうしてちゃんと座っておりまする。

皮肉《ひにく》でなく言った。

—むむむ。いかにも、ここにこうして座ってしもうておる。

—何がありましたかは存《ぞん》じませんが、とにかくよろしゅうございました。

言葉どおりの気もちだった。ほっとした気が半分、やれやれ——という気も半分、というところだった。

(どうしてまたこんなことに日がかかったんだろうか)

—いンやまあ、その、案ズルヨリ産ムガヤスシ……というところかの。

父親は、新太郎にはよくわからぬことをつぶやき、あとの言葉はもごもごのみこんだ。それでいて、なにやらきっと、心を決めた目になって、客らしく座り直していた。

それを見て、新太郎も、こうした店に来る大人らしく、せいいっぱいくつろいだ座

り方をしてみた。

そこへ、舞《まい》が「付出《つきだ》し」をもってやってきてくれた。

―嫁菜《よめな》のひたしものでございます。

青いものの上にふんわりと盛《も》られたおかかが、息づいたように小さく動いている。

―お下地《したじ》をおかけになってお召《め》しあがりくださいまし。

すっかり大人びて、落着いた言葉づかいと声になっている。みんなひらがなで言っているような、おっとりとした口ぶりだった。

こちらの二人はだまってうなずき、気圧《けお》されたようにかたくなっていた。

嫁菜くらい、家でもよく口にしたにきまっているのに、こういうところで、こんなふうに出されてみると、味までちがうから妙《みょう》だ……と、新太郎は神妙《しんみょう》な顔で口に運んでいる。父親のほうは、まだ奥《おく》の声の主《ぬし》のことが気がかりらしく、といっても、ふりむくことはもういたさぬぞ――と決めた目で嫁菜をにらんでいる。

―付出しのもうお一品《ひとしな》でございます。

声をかけながら、舞《まい》が小鉢《こばち》ものを二人のお膳《ぜん》に置いた。

——ほう、早《さ》わらびの煮《に》つけじゃ。春やの。

父親が初めて客らしい口をきいた。

——よくご存《ぞん》じで……。

大《だい》の男、それもちゃんとしたおさむらいさまが、そのようなことまでご存じとは……の目になって、舞は父親のことを見ている。それからあらたまった顔と声になって、

——新太郎さま。こちら、お父さまでいらっしゃいますか。

と、たずねた。

——ああ。

やっぱり……と小さく口の中で言い、今度は父親に声をかけた。

——お酒《さけ》をおつけいたしましょうか。

——ああ。

父親も息子《むすこ》とおなじ声で返事していた。

舞《まい》にはそれがおかしかったものか、口に手をあて、笑いをかみころしながら奥《おく》へもどっていった。

それから白魚《しらうお》のおどりが出た。はまぐりの吸《す》いものが出た。白魚は、大きめの盃洗《はいせん》に泳いでいるのを箸《はし》でつまみ、下地《したじ》にいれる。水のかわりに下地をのみこんだ白魚をつまみ直して口にいれ、前歯でぷつんと噛《か》みきっていただくのだ――と、父親が教えてくれた。新太郎にはお初の味で、食べ方も知らなかった。教わったまま、父親のやり方を見よう見まねでやってみると、それがなかなかかわった――いや、乙《おつ》な味に思えた。

父親のほうは、もう二本目の徳利《とくり》をやっている。あてには、いつのまに運ばれてきたものか、フキのとうの辛煮《からに》を食べている。

二本目もまた早くあけてしまうと、ふうううっと、ためいきをついた。

(家ではあんなふうに早くのんだりはなさらんのに……)

新太郎は父親のことは気にかけながらも、一品《ひとしな》一品をゆっくりしっかりと味わっていた。そうしながら、

（こうした山菜《さんさい》は、舞《まい》さんの手摘《てづ》みのものかな……）

今度は「さん」づけで、そんなことを思っていた。すると、あのときの舞の声がありありと耳許《みみもと》によみがえってくる。

（さきほども申しあげましたように、山菜のいろいろを摘《つ》みに山に入っておりますうちに、ここに出ましただけのこと……）

（ということは、やっぱりそのう、舞さん手摘みのものなんだ……）

すると苦辛《にがから》いフキのとうが急においしく感じられ、一口にのみこんだりしてはもったいないように思えてきて、いっぱしの酒《さけ》飲《の》みみたいに、ちょっぴりずつつまんではやっていた。

三本目をまたぐいぐいのみながら、父親はぼんやりと新太郎のことをながめた。

——そのやり方なら、いずれはいける口になりそうだな……。

ちょっとうれしそうだったが、さすがに「のまんか」とまでは言わなかった。

父親にながめられているのに気づいた新太郎は、自分の胸《むね》のうちを見すかされたような気になって、残りのフキのとうは一口にほうばってやった。さすがに口じゅうが一気に苦辛《にがから》くなった。

そのとき、酔《よ》いのせいか、父親が何やらあらたまって言いだした。

―いやいや、酒《さけ》の勢《いきお》いを借りて言うのではないが、やっぱりそのゥ、酒の勢いを借りてではないと言いにくいことを話そうかの……。

そして、まわりをすばやく見まわした。

そのころになると、店はもう客の入《い》りもよくて、それがそれぞれおだやかに話し合っており、そうした話し声が、ちょうどいいざわめきの衝立《ついたて》のようになってくれている。それを見てとって父親が座《すわ》り直《なお》した。

(ここの前まで来ながら引き返してしまっていたわけなのか……)

新太郎も何かを感じて、居住《いず》まいを正した。

父親は盃《さかずき》を置き、大きく息をつくと、背筋《せすじ》をしゃんとのばした。そして、水の中でしゃべっているような、くぐもった声で話しだした。

—もうだいぶ以前のことになる。殿《との》のご不興《ふきょう》をこうてしまっての……。

(初めて聞く話だが、おだやかではないぞ……)

新太郎はきちんと正座《せいざ》し直し、膝《ひざ》ににぎりこぶしを置いていた。

父親がほんの少しのま言いよどんだところへ、やわらかな男の声が二人のあいだに降《ふ》ってきた。

—お客がたてこんできましたもので、あれが忙《いそが》しくしております。かわりにわたしがもってまいりました。不粋《ぶすい》なことで申しわけありませんが、こちらの味にめんじておゆるしください。

挨拶《あいさつ》がわりのようにそう言うと、父親にむき直ってつづけた。

—大木さま。ようこそお忘《わす》れなくこの隠居《いんきょ》の手料理を召《め》しあがりにいらしてくださいました。

父親はぎくりとなりながらも、相手をまともに見ようとせず、たてつづけに咳《せ》きこんだ。そんな父親の前に、姿《すがた》のよい桜鯛《さくらだい》の焼きものが、すっと置かれた。小ぶりのものだが美しい。つづいて新太郎の前にもおなじものを置く男の手と腕《うで》に目をやった新太郎は、ややや?という目になっている。

(あれは侍《さむらい》のものだ。そういえば自分のことを隠居《いんきょ》と言ってたな……)

そして、舞《まい》さんが気配の消し方を習ったというご隠居がこの人だったのか——と、すばやくその体ぜんたいに目を走らせていた。年齢《とし》のせいか、やや小ぶりになったのだろうが、まるであそこの樫《かし》の木と身内みたいな体つきだと思った。かっしりしていて無駄《むだ》がない。それでいて物腰《ものごし》はやわらかで、父親より年上なのに、動きにはご隠居のほうが若々《わかわか》しさがこぼれている……。

相手は、そんな新太郎の観察や思いに知らんぷりをして、奥《おく》にもどっていった。

その男の後姿《うしろすがた》をじっと見送っている新太郎に目をやってから、父親は声をやわらげ、これまた意外なほうに話をもっていった。

—これは殿《との》の好物《こうぶつ》であってな。

言いながら、焼きものに箸《はし》をつけた。

—ん。焼きかげんも上々……。

新太郎も、つられて自分の鯛《たい》に箸をのばした。

—そういえば、休みの日にわしが磯《いそ》で釣《つ》ってきた鯛を焼かせると、よろこんで召《め》しあがってくだすったものだ……。

(それが、殿《との》のご不興《ふきょう》とどこでどうつながるのか……)

新太郎は不思議がりながらも、一口食べてみた鯛のうまさに目を見張《みは》っていた。

—おほめいただいて、祖父《そふ》もよろこびます。

いつのまにか横に来ていた舞《まい》が、うれし気《げ》に言った。

(まだ何も言ってないのに……)

新太郎は、舞を見上げて、その察しのよさに目を丸くしていた。

第三章・桜鯛

―大木《おおき》さまのお目が、鯛《たい》の目とおんなじで、笑《わろ》うてらっしゃいます。

―鯛の目が笑う?

―よろこんでおいしく召《め》しあがっていただいてるとわかると、魚のほうも笑うてくれます。

―いやまったくそのとおり……。

とつぜん父親が口をはさんだ。

―殿《との》もおなじようなことを言われたことがあった。大木の釣《つ》ってきた鯛は、どれも笑うておるわ、とな。

―おもしろいお殿さま。

舞《まい》がひきとった。

―祖父《そふ》もよく申しておりました。「殿は、誰《だれ》であろうと、目にとまるようなときがあると声をかけ、一言《ひとこと》うれしくなるようなことをおっしゃった」と。

父親は口をもごもごさせただけで、ただ深くうなずいていた。

―祖父《そふ》もあのようないかつい顔はしておりますが、自分の味つけのことは細かく気にしております。わたしがつくっておくものもあるのですが、それと、自分がつくったものと、どちらがお客さまによろこばれるか、とても気にしております。ふふ、ふ。

(あのご隠居《いんきょ》が……?)

新太郎《しんたろう》の表情《ひょうじょう》を追って、舞がつけたした。

―「そりゃあ武士《ぶし》だったころは、ひとの言うことになど耳を貸《か》すものではなかったぞ。自分の思うところを突《つ》きすすんだ」なんていばるんでございます。それからあわてて、「いやいや、いまはちがうぞ、ん」だなんて。

(刀より包丁《ほうちょう》さばきの腕《うで》が気になるいまだろうが、それでもけっこう。いつかぜひお手合わせを、いや一手《ひとて》お教えいただけぬものか)

新太郎は、この店や、いまのご隠居にはおよそ似合《にあ》わないあらあらしいことを思いやっていた。父親のほうは、そんな息子《むすこ》の思いなど眼中《がんちゅう》にないようすで、目を細めながら桜鯛《さくらだい》を食べつづけている。

―ほんとにもう、おいしいものには目がないお人で……。

母親の口癖《くちぐせ》が新太郎の耳許《みみもと》によみがえる。父親のそんなところでさえうとましく思っていたのに、父親につられて鯛《たい》を食べはじめると、これがもうなんともおいしかった。食べることだけにかかりきりにさせられる味なのである。

二人ともだまって、しばらくは鯛だけを相手にしていた。

―ま、お二人ともほんとにもうきれいに食べてくだすって。奥《おく》がよろこびますでしょう。

舞《まい》のうれし気《げ》な声がして、二人の前から皿《さら》がもちさられた。

(二人ともそろって、か。似《に》た者《もの》親子ってことだ。あんまりうれしくはないぞ)

気落ちしたようなぼやきを、しかし、新太郎は口に出さなかった。父親のほうはただただ、

―次にはどのような料理が出るものかな。

と、子どものようにはずんだ声をあげている始末《しまつ》だったから。

―いやまったくもう、どうしてさっさとここへ入らなかったのかの。いンや、入れなかったのか……。

父親は、新太郎には聞こえぬくらいかすかな声でつぶやいた。

*

（あの夜は店を出ると、父上は急に酔《よ》いがまわられたのであったな……）

店ではよくのみよく食べ、おしまいまで機嫌《きげん》よく、しゃんとしていた。それが、舞のうしろからご隠居《いんきょ》が送りに出ると、何やらおびえたような目つきになり、二人に挨《あい》拶《さつ》もせずに、ぷいと店を出てしまった。新太郎は二人分の会釈《えしゃく》をしてから、あとを追った。

春の夜だとはいえ、風はまだ冷たくて、ふつうならば、それが酔いを少しずつさましてくれるものなのに、父親は足もとがおぼつかなくなった。いっそう酔いがまわったようすなのである。

あの小橋を渡《わた》るときには、新太郎が肩《かた》を貸《か》さねばならなかった。橋を渡りきると通りの暗いのが、新太郎にはありがたかった。こんなところを見られたくなかったのだ。そして家にたどりつくなり、父親は玄関脇《げんかんわき》の小部屋にあがるのがようようのこと、そのままそこで眠《ねむ》ってしまった。

たかのは、不思議なものでも見るようにそんな寝姿《ねすがた》に目をやり、

—よほどのまれたのですか?

と、たずねた。

—徳利《とくり》で五本でございました。

—なんと。それくらいで、これほど酔《よ》われるお方ではないのに……。

たかのは寝姿にも一度ちらと目を走らせ、

—なにか不快《ふかい》なことでもありましたか?

また、たずねていた。

思いあたることはべつにありませんが――と、新太郎は口をにごした。送りに出てくれたご隠居《いんきょ》の顔を見てぎくりとしたときの、父親の顔がよみがえってきたからだ。父親とあのご隠居のあいだに、何か、あったのだ。

それをふき消《け》すようにして、送りに出てくれた舞《まい》の顔を思いうかべた。またどうぞおこしくださいまし――の目だった。

舞とは二度目の出会いだったし、あのとき舞が、うまいぐあいに声をかけてくれなかったら、あの店に入れていたものかどうか。それを母親には話せなかった。その前の、あの稽古場《けいこば》での出会いのことを話していなかったからだ。

けれど、父親が目をさましてあの店に入ったときのいきさつを話すとなると、舞のことも、何よりも舞が自分にではなく新太郎に「大木さま――」と呼《よ》びかけたことから話すにちがいない。舞が新太郎のことを知っていたおかげで、やっとあそこに入れたことを。それなら父親が眠《ねむ》っているうちに、先まわりして、舞とのいきさつは打ちあけておかねば……。

—母上。じつは、申しあげていなかったことがございました。

えらくあらたまって切り出した新太郎から話を聞くと、

—ま。そんなところに女の子一人で入ったりして。よくおそろしくはなかったものですね。

たかのは、その稽古場《けいこば》のことにはふれず、けもの道を入った少女のことをまず口にした。それを聞いて新太郎は、はたと思いあたった。

(舞《まい》さんも、ほんとは腕《うで》がたつのではあるまいか。あのご隠居《いんきょ》から、気配の消し方だけでなく、剣《けん》の使い方も、そこそこの手ほどきを受けていたからこそ、あんなところへも入っていたのだ)

ひらめくようにそう思った。

そうは思ったものの、母親には、

—なにはともあれ、もとは武家《ぶけ》の娘《むすめ》でございますから……。

とだけ言った。

—その子がそう申したのですか？

たかのは合点《がてん》のいかぬ目になっている。

とどのつまりは、あの店の板前《いたまえ》であるご隠居《いんきょ》が、じつはその女の子の祖父《そふ》で、もとは武士《ぶし》であったことも、二人して店に入ったときのいきさつも話してしまうしかなかった。

—……ま。いろいろとおもしろいお話。

たかのは、母親の顔になったり、父親の妻《つま》の顔になったりしながら、新太郎の打ちあけ話を聞いたあとで、そう言い、

—その娘《むすめ》さんが新太郎の知り合いだとわかったとき、この人は驚《おどろ》いたことでしょうに。それにしても、そのようなことがなければ、この人、いつまでたってもそのお店には入れなかったかもしれませんでした……。

ひとりごとのように結んで小さく笑った。

—この方が、図太《ずぶと》いところと、妙《みょう》に気弱なところをおもちとはわかっておりました

が、今夜はそこのところが一緒《いっしょ》に出てしまったものでしょうか。

（やはりようくわかっておられる。それにしても、父上はなぜ、殿《との》のご不興《ふきょう》をかうようなことになったのだろう。剣《けん》の腕《うで》のからきしなところや、うまいものには目がないところが、何かかかわりがあるのだろうか……）

新太郎は、思いきっていま、母親にきいてみようと思った気もちを、やはりおさえこんだ。

ためらいがちにせよ、自分から打ちあけようとした父親のことを思いおこしたからだ。母親にしても少しはいきさつは知っているにちがいない。それでもこれまで新太郎には話してはくれなかった。ならば父親が、そのうち自分からまた言いだすのを待ったほうがいい――と、新太郎なりに考えたのだ。

―今夜はいろいろとご苦労さまでした。

たかのは、あらためて新太郎をねぎらった。

―初めてそのような場所にゆき、さぞかし気疲《きづか》れもしたことでありましょう。もうおやすみなさい。

母親の声にもどっていた。

──はい、そうさせていただきます。

新太郎もいつもの息子《むすこ》の声にもどって答えたあと、

──ああいうところには、思ってもみなかったくらいおいしいものがあるものでございますね。

思わずつけくわえていた。

──とりわけあの桜鯛《さくらだい》の焼きもの。初めての味でございました。塩かげんとも、焼きかげんとも、まことによろしくて……。

──ま。初めてにしては、ようそんな見当《あて》がつけられましたね。新太郎の口から、まさかそのようなことを聞こうとは思いもしませんでした。やっぱり父上の子なのですね。

たかのは、ちょっとおかしそうに言った。そしてすぐに澄《す》まし顔《がお》をつくると、

―これからは、わたくしも味つけに心配りいたしませんと、二人にそっぽをむかれそう……。

とつづけて、ちらと笑った。

そのとき二人の足もとから、

―いやいや、またいこうぞ、新太郎。よいな。

父親がいきなり、いやにはっきりとした声をあげた。

ついつられてしまい、

―あ、はい。またお供《とも》いたします。

と新太郎は答え、そこで父親のことを見直して、なんだ寝言《ねごと》だったのかと気づいた。

母親と息子《むすこ》は顔を見合わせ、おしころした忍《しの》び笑《わら》いを父親の寝顔《ねがお》の上にふりまいていた……。

（しかし、あの返事は本心だったぞ）

一人になってから、新太郎は内心、そうたしかめていた。

(お供《とも》したいわけは、いろいろとある)

それを取り出して、将棋《しょうぎ》の駒《こま》みたいに並《なら》べてみようか……。

(まず、奥《おく》の人のことがある)

父親が言いだしかねてきた秘密《ひみつ》の鍵《かぎ》をにぎっているお人らしいからな……。

(奥の人がつくる料理とは、これからもつきあわせていただくかわりに、剣《けん》の道でもおつきあいいただきたいものだ)

あの舞《まい》さんに、どのようにして気配の消し方をあそこまで教えられたのか。そこで奥の人の横に、舞の駒《こま》を並べた。

(舞さんとも、お手づくりの小料理とだけではなしに、いつか一手お手合わせ願えればありがたい)

それから、とってつけたように、

(そうそう、あの桜鯛《さくらだい》の焼きものというのも……)

と、やっとこさ、お店にふさわしい駒《こま》が出た。

（さて、お供《とも》したい次のわけは――）

その駒が思いうかべられぬまま、新太郎はいつのまにやら眠《ねむ》っていた。

明方《あけがた》の夢《ゆめ》の中に、舞《まい》がひょっこりあらわれた。なんと、桜鯛《さくらだい》の姿《すがた》になっていた。

（これはまた、なんとしたこと！）

驚《おどろ》きのあまりに口をぽかんとあけてしまった新太郎の前で、

――ま、これはまたどうして？　どうしてこのわたしが桜鯛に……。

頬《ほお》を桜色《さくらいろ》に染《そ》めて、舞が自分に問いかけている。めんくらったその目が、新太郎にむかってせわしくまばたきした。

（そんなことが、こちらにわかるものか）

口をぽかんとあけた桜鯛の前から逃《に》げだし、そのまま夢の中からも、新太郎は逃げだして――目をさましていた。

＊

喉《のど》のかわきから父親が目をさましたのもおなじころで、まだ夜明け前の暗さだった。枕許《まくらもと》に用意されていた水をぐいぐい二、三杯《ばい》ものむと、ようやく頭がすっきりしてくれた。

(じゃがまだ息苦しさが、何かこう胸《むね》のあたりにわだかまっておるぞ……)

そこであたりを見まわし、自分がいままで眠《ねむ》っていたところが、いつもの奥《おく》の部屋ではなくて、玄関脇《げんかんわき》の小部屋であることに、気づいていた。

(とすると――)

前夜の酔《よ》いっぷりはかなりのものだったか――と、そこのところをたどってみようとしていた。記憶《きおく》の糸がぷっつりと切れている。いったいどのあたりで?

(あの店でうまいものをいろいろと食べたことはよう覚えておる。なかでもあの桜《さくら》鯛《だい》の焼きものの味がよみがえってきよるわ……)

思いおこすだけでも口許《くちもと》がゆるみ、頬《ほお》がほころんでくる味だった……。

頭の奥の桜鯛の目が笑った――かと思うと、それがあの舞《まい》とかいった女の子の目になって笑っていた。まるで、さっき息子《むすこ》の新太郎がみていた夢《ゆめ》が、そのまま父親の脳《のう》裏《り》に移《うつ》ってきたようなぐあいなのである。

(どうしてまたあの娘《むすめ》のことが思いうかんできよるのか……)

父親はまた水を一杯《いっぱい》ごくんとのんだ。

するともう一匹《いっぴき》の桜鯛《さくらだい》が、——いや、息子の顔が、その娘の横に並《なら》んでいるではないか。

(ちがうぞ。こいつは、何かのまちがいだ)

父親は片手《かたて》を大きくふった。

息子が消えて——桜鯛が一枚《いちまい》、皿《さら》にのっかって笑っていた。

(こうでなくてはな)

父親は思わず右手に箸《はし》をもつ手つきになり、皿に手をのばしていた。

そこでようやく、明方の小部屋に、はっきりともどってきていた。

—お目ざめでございますか。

たかのの声が襖《ふすま》ごしにする。

(いやいや、いつもながらによく気のつく女房《にょうぼ》どのだ)

父親は、小鯛《こだい》にのばした手をひっこめ、いやいやをするようにひらひらとふっていた。

襖が音もなく引きあけられると、たかのが座《すわ》っていた。

—昨夜《さくや》はいろいろとよろしゅうございましたこと。

皮肉《ひにく》ではなしに言っている声であった。

清高《きよたか》のほうも、正気にかえった正直な声で、ほんとうの気もちを口にしていた。

—あそこにいけて、まこと、よかった。

—新太郎がご一緒《いっしょ》いたしまして、よろしゅうございましたか。

—いやまったく。あれがいたもので、こちらの気もゆるみ、体もゆるんでしもうて、世話をかけた。

肩《かた》を借りたときの感触《かんしょく》がよみがえる。

（も少し背《せ》は低いと思うておったが……）

自分がかるがると運ばれたのを覚えていた。力ももう充分一人前じゃった……と気がついて横に目をやると、その「一人前」が座《すわ》っているのも目に入った。

—お目ざめでございましたか。

—あ。ちいと早起きにすぎるが、ゆうべの酒がしっかり休ませてくれたぶん、早う目がさめてくれた。

—それはよろしゅうございました。

正直なものいいだった。

—熱いお茶でもいれてまいりましょう。

たかのが立ち、父子も立って、奥《おく》の間のほうへ移《うつ》っていった……。

第四章・もやもや

（あれきり、あそこについてはなんの音沙汰《おとさた》もないな……）

新太郎《しんたろう》は、今日も少しばかり不満気《ふまんげ》にそう思いながら、道場からのもどり道を歩いていた。

（またいこうぞ……と、父上はたしかに申されたはず……）

これも何度かくり返して自問自答してきた。

（ま、寝言《ねごと》で言われたことではあったがなあ……）

これも、自分に言い聞かせるように何度かくり返したことだ。わかっていながら、くり返している。どうしてかはわかっていない。

（あのとき入れたのをきっかけに、父上お一人でいかれておるのかもしれぬ）

それならよかったではないか——もとはといえば、そのために自分を連れていかれたことだった——と、そこでくり返しの輪が切れてしまうのも、いつものことだ。

（くどいぞ、新太郎）

おしまいは、いつもそうなる。

それからまた、いつものようにわが家の前を通りすぎて、稽古場《けいこば》のほうへのぼっていくことになる。

稽古場は、かわらず、しーんとしている。新太郎は気分を一新するべく、いつもどおり自分に稽古をつけはじめる。

新太郎の、そんな気もちのゆれぐあいを見すかしたように、枝《えだ》につるした木刀《ぼくとう》がゆうらゆらゆらとゆれながら自分をねらっているのが目に入ると、それまで心の底でとぐろをまいていた渦《うず》が、ふっと消えてくれた。

新太郎は、しっかとにぎりしめた竹刀《しない》をふりかぶると、相手に打ってかかる。ばしーいん！しゅううつ、ばっしん！と、するどい音だけがひびく。新太郎はその音を切りさくような叫《さけ》び声《ごえ》をほとばしらせる。

—おおおぅりゃあああ！とおおおぅ！

むろん、相手の応答《おうとう》はない。自分の声だけが梢《こずえ》のあたりで小さくこだまする。新太郎は耳を澄《す》ます。もしかしたらいまの雄叫《おたけ》びをおかしがって、あの――いつかの忍《しの》び笑《わら》いが聞こえてきてくれはすまいか？

梢《こずえ》を渡《わた》る風の音がかすかに鳴っているばかり。あとはまたしずまりかえってしまう。

（そうか。山菜《さんさい》の、料理に使えるような芽のところは、もうのびきったから、こんなところまで摘《つ》みにのぼってはこないのか）

そう考えてもみる。たぶんそうだろう……。それから、急に腹立《はらだ》たしくなる。

（なにをくよくよ考えてるんだ）

ずうっとずっと、ここで一人でやってきた自分ではなかったのか。あのときだって、自分の大事な――秘密《ひみつ》の稽古場《けいこば》に、いきなりあいつが姿《すがた》をあらわしたものだから、怒《おこ》ったんだったぞ。それなのにあいつときたら、そんな新太郎のことをおかしがっていた。ふつうなら、ちっとはこわがってくれてもいいところを、平気でいた。しかも、こちらがちょいとひるんだすきに、あっさり消えてしまったんだ。

（あの店へいったとき、そこのところをどうして問いたださなかったんだ？）

店での三人のやりとりをなぞってみる。あちらから、あのときの無礼をあやまったことなどなかったぞ。うむ……。

遅《おそ》まきながら腹《はら》をたて、そんな自分にも一度腹をたてていた。

（びしりと言ってやればよかったんだ）

そうできなかったのは、あのときはともかく父上のお供《とも》――としてあの店へ入ったことと、そうだ、あいつの着ているものが、あいつをなんだか年上みたいに見せたからだ。そんなわけはない。自分のほうが年上のはずなのに……。

年若《としわか》な自分が、ああした大人のいく店へ入ったということで、べつに感じなくてもいいうしろめたさみたいなものを気にしていたのか。

「つまるところ新太郎、お前はあいつにのまれてしまったんだ」

誰《だれ》かが木のうしろでそう言うのが聞こえた――ように思った。おなじ声がつづけた。

「そんなことでは、お前はいつまでたってもあの大木清高の息子からぬけだせないぞ」

—何を言うか。

新太郎は言い返した。樫《かし》の木にむかって叫《さけ》び返《かえ》していた。竹刀《しない》をふるって、枝《えだ》につるした木刀を下から思いきりはねあげていた。新太郎の勢《いきお》いが強かったので、おなじ勢いのもどりで、木刀は、ずうい—ん——と突《つ》きかかってきた。新太郎は、もう少しでそいつに右の頬《ほお》を突かれるところを、あやうくかわした。体を低めて、そいつがまたうしろから突きかかってくるのもやりすごした。

(落着くんだ)

一つ大きく呼吸《こきゅう》した。

(何を腹《はら》をたてているんだ)

たかが小娘《こむすめ》と思いながら、一人前に相手してやったのに、むこうのほうが一枚《いちまい》うわてだった。そしてそのあと「再会《さいかい》」したときは、なんだかこちらが子ども扱《あつか》いにされた——ように思えてきた。

新太郎は樫《かし》の木と木刀に一礼すると、もどりはじめた。歩きながら、そのあたりのところを正確《せいかく》にたどってみよう……と思ったからだ。

(あのとき、ここでふいと消えてしまってそれきりだったら、まぼろしかと思ってしまったところだろうな……)

それが、父上とあそこへいったおかげで、まぼろしではないとわかった。

(まぼろしどころか、だんだん一人前の女の人に見えてきたんだった……)

それで、気圧《けお》され気味《ぎみ》の負けいくさになってしまったのだ。

(も一度いってみるしかないぞ。今度はしゃんとして対等に話すことだぞ、新太郎)

そう心を決め、大きくうなずいたところで、ちょうど家の前にもどってきていた。

(父上にもきちんと話して、今度はお供《とも》としてではなく、一人でちゃんとあの店に入ることだ)

—むずかしい顔をして、何をまた……。

玄関先《げんかんさき》に出ていたたかのが、からかうように声をかけた。

(子ども扱《あつか》いは、好かん)

新太郎は母親の口ぶりに、むっとした顔になっていた。

—あなたの稽古場《けいこば》で、なんぞありましたのか?

本気で心配する言い方が、新太郎の足を止めた。まるで誰《だれ》かに稽古場を乗っ取られたみたいな言い方に聞こえる。それで、少しむきになって、とんがらせた口で答えた。

—いえ。べつにかわりはありません。

—それならようございました。わたしはまた、いつぞやの娘《むすめ》さんがまた稽古場に……。

—来るわけはございません。

—ま?

—あの人は年は若《わか》くても、茶屋町の店のれっきとした女将《おかみ》です。客に対する礼儀《れいぎ》はちゃんとわきまえておられます。あの稽古場の主《あるじ》であるわたしは、あそこでちゃんと客として扱《あつか》われました。

新太郎は一息《ひといき》にしゃべった。

――まっ……。

急にまたあちらを大人扱《おとなあつか》いにして――と思いながらも、たかのは息子《むすこ》の並《なら》べたてた言い分の次の言葉を待っている。

こほんと小さく咳《せき》をしてから新太郎が言う。

――わたしがあの人の厨房《ちゅうぼう》には入らぬとおなじに、あの人もわたしの稽古場《けいこば》をのぞくような真似《まね》は二度といたすまいということです。

それが客に対する慎《つつし》みというものでしょうが――とつづけたいところを、新太郎はがまんした。たかのの目のすみっこには、まだ「おかし」といった色が残っている。

その目のままで、たかのは言った。

――それはそうと、あのお店で食べた桜鯛《さくらだい》がどんなふうに料理されているか、ちょっとのぞきたくはありませぬか。

—あの鯛《たい》なら、それはのぞいてみたい気はございます。でも、あの鯛は、あの人が料理したものではなかった……。

—だから厨房《ちゅうぼう》はのぞかない……と?

—そういうことです。

—あの娘《むすめ》さんは、いくばくかの武芸《ぶげい》の心得《こころえ》がおありだとも、新太郎は言うておりましたね。

—あ、はい。

—ですから、あなたの稽古場《けいこば》をのぞいたのではなかったのでしょうか。

—はあ?

—ならば、またのぞいてみたくもなりはしませぬか?

—……?

—新太郎の腕《うで》のほどを知りとうて、ということです。

—そ、それは……。それならば……。

わからないぞ――と思っていた。なにしろ一人であんなけもの道に入りこみ、誰《だれ》もいない稽古場《けいこば》にも入ったはずの、けっこうおきゃんな娘《こ》である。やりかねないぞ、と思った。

――のぞかれると困《こま》りますか？

――いえ、べつに……。

――わたしは、またきっと、そっとのぞくような気がいたします。

そっとならようございます――と口に出かかったのをのみこんだ。

あの日からあとの、新太郎の中に立ちのぼってくるもやもやを、母上はそんなふうに見てらしたのか――と、いまになってわかり、自分のもやもやの元がそれであったのか――とも、遅《おそ》まきながら気づかされていた。

新太郎は次にあの店にいくことを考えた。

――父上はこのところお忙《いそが》しくなさっておいでしょうか。

――そのようですね。

――……？

――なんでもご家老《かろう》さまからじきじきにお願いされたことがあって――と、何やら、いそいそとお出かけで、夜も遅《おそ》いのです。

――夜も遅いと申されますと、夜はあの店にもお出かけということも……。

――いいえ、それはないようですよ。夜は、うちでせかせかと召《め》しあがってはまたお出かけですから。

それならようございます――と、また口に出かけたところをおさえた。

あの店はあれきりいかれてないというのなら、近々《ちかぢか》にでも、またあそこへいこうと言われるかもしれない。

新太郎は、何やら気がぬけ、なんだかとつぜん空腹《くうふく》を感じていた。

――腹《はら》がすきました。

正直に申し出ていた。

――父上のお帰りを待たずにいただいてもようございますか。

—これはまたあらたまっておかしなことを。このところずっと、新太郎は先に食べていたではありませぬか。

そんな——という気もちだった。そんなことさえ上《うわ》の空《そら》で、忘《わす》れてしまっていた毎日だったのか。食べているときも、頭ではべつのことを思っていて、まわりのことなど目に入っていなかったのか。なんたるうかつさ。

新太郎は、ちょっと恥《は》ずかしくて、いや、今夜も——と言おうとしたのでございます……といやにていねいにつづけていた。

たかのは、おや、そうでしたか——の目になって息子《むすこ》のことを見たが、用意はできていますよ、とだけ答えた。

新太郎はお膳《ぜん》の前に座《すわ》り、まず卵《たまご》を手にして茶碗《ちゃわん》にわりこんだ。かきまぜて醤油《しょうゆ》をたらして、かきまぜる。たかのには、なんだか竹刀《しない》をにぎって先のほうでかきまぜているように見える。いきごみすぎなのである。

たかのがだまって手をのべる。新太郎は、ついと出す。ごはんが盛《も》られると、新太郎は箸《はし》をにぎり直した。気合いの入りすぎですよ、と言いたいところを、たかのは、焼きのりでもちぎっていれば——と言いかえる。新太郎は、さっきとおなじ勢《いきお》いで焼きのりをひっちぎる。まぜて、一気にかきこんだ。

——ま。忙《いそが》しいこと。もう何も用はない夜なのに……。

たかのは知らんぷりでいて何もかもに気づいている。新太郎は一膳目《いちぜんめ》をかきこみ、少し恥《は》ずかし気《げ》に、からになった茶碗《ちゃわん》をそっとさしだした。

——せっかくつくったおかずですから、ゆっくりと味わってみたら？　これでもあのお店と張合《はりあ》ってるつもりでつくったものですよ。くらべてみたら？

と、たかのはごはんをつぎながら、ちょっと自信ありげに言う。

新太郎は、「あのお店」の一言で茶碗をもちあらため、そこで並《なら》べられた器《うつわ》のおかずに初めて目をやった。

一つ一つがなんだかわからないところがあるのは、いつもながらのこと。「まい」では、舞《まい》さんがいちいち説明してくれた。

目の前の鯛《たい》の尾《お》の身《み》のちり出しも、腹骨《はらぼね》の味噌《みそ》焼《や》きも、ふきの葉を煮《に》たのも小蕪《こかぶら》のあえものも、こってつくったらしい海老《えび》の糁薯《しんじょ》も、新太郎にはただ盛《も》りつけられたおかずとしかわからない。鯛のお頭《かしら》のほうも身のお造《つく》りも、父親にまわした——ということなどにも、てんで頭がまわらなかった。

——……では、あらためて、いただきます。

いまごろになって神妙《しんみょう》に挨拶《あいさつ》してから箸《はし》をのばしていた。

——なる……ほど……。

大人ぶって言ってみるが、何を食べているかは見当がつけられずにいる。

たかのは、そんな息子《むすこ》の表情《ひょうじょう》からそこのところを察したとみえ、そっと立ち上がっていた。

新太郎はあせった。ここで母上の手料理の味について何とか言わないと、あの店との話の継《つ》ぎ穂《ほ》がなくなるではないか。けれど、口の中の食べものの正体がわからないと切り出せない。それがまた、生きのいい海老《えび》でしっかりつくった糁薯《しんじょ》だったから歯《は》応《ごた》えたっぷりなのだ。新太郎は小さくエイエイオウと気合いをかけて口の中の団子《だんご》を噛《か》んでやった。

ようやくのみくだしてふりむくと、たかのはもう部屋にいなかった、新太郎にゆっくり食べさせようと気をつかってのことだった。

（うまくかみあわんもんだな……）

新太郎は、それこそ父親の清高《きよたか》がぼやきそうな文句も、ついでにのみこんでいた。両方のみこんだあとになって、上出来の海老糝薯《えびしんじょ》だけがもつおいしさが、ふわんと口の中一杯《いっぱい》にひろがっていた。

—母上、これはあそこのに負けてはおりません。

思わず口にしていた。

—……それはまたうれしいことを……。

襖《ふすま》がするりと引きあけられると、先に言葉のほうが部屋にとびこんできた。

—もう一品《ひとしな》どうかと思ってあたためてきました。

新太郎がちらと目をやると、小蛸《こだこ》が鉢巻《はちまき》をして皿《さら》の上に寝《ね》ているふうに見えた。

——……寝《ね》小蛸《こだこ》でございますか。

新太郎が言葉を選んで言ったつもりなのに、たかのはたまらず小さく吹《ふ》きだした。

——……何と申されたのかわかりませんでしたが、いやいや見かけはたしかにそうですね、小蛸が寝ているふうに見えます。ほほほ……。

新太郎はつんとして、そいつをつまむと口にほうりこんでやった。一噛《ひとか》みすると、濃《こ》いめのおいしさを、鉢巻《はちまき》にした生姜《しょうが》がひきたてているのはわかった。新太郎は、ていねいに噛《か》み直《なお》しながら、うまい——と思った。

(今度、あそこへいったら、舞《まい》さんにこの味のことを話してみようか……)

とも思っていた。ただし、いまのところは母親に、

—父上の好物《こうぶつ》でございますか?

酒《さけ》のさかなに出しておられたものか——と思いながら、きいていた。

—父上、というても、それはわたしの父の好《この》み。外のお店で食べてきて気にいった

と言われ、つくり方までもきいてきたものを教わってつくってみたものですよ。

——……。

——清高どのはあまり好《この》まれぬようなので、しばらくつくりませんでした。せんだってお店の話を聞いて、新太郎ならどうかしらん——とつくってみたのです。

(父上と自分とは、味の好みがちがうのだ)

あたりまえのことなのに、そのことが新太郎には妙《みょう》にうれしかった。それに、父上が好みでなかったものを、自分にならー——とわざわざつくってくだすったというのもうれしかった。そんなところでも、自分のことを少しずつ一人前に扱《あつか》おうとされた気もちがうれしかったのだ。

——言っておきますが、それは飯蛸《いいだこ》と言います。頭の中にごはんのようなものがつまっていて、それが味のきめてなのかもしれません。

——……あ、はい。

——もしもその味のことをお店の方に話すようなことがあって、まちがえると困《こま》りま

すから。

たかのは微笑《びしょう》をうかべながらつけくわえた。新太郎の内心など、ちゃんと読んだうえでのおまけの一言だった。

（なるほど、この歯応《はごた》えのこまやかさはそのせいだったのか）

新太郎はそれと一緒《いっしょ》に「飯蛸《いいだこ》」という名前もしっかり覚えた。

ほかの皿《さら》にも箸《はし》をのばしながら、新太郎はこんなふうに母上といろんなことを話したのはしばらくぶりのようだ――と思っていた。もともと、食事どきにこんなふうに話すことなど、まずなかった。いつだって父上は気難《きむずか》しい顔で食べていたし、おかずの味の話など、したことはなかった。

（あのお店でのように、よそいきでならあんなに話された父上なのに……）

家ではまことに愛想《あいそう》が悪い。

（そういえばあのお店のご隠居《いんきょ》さまだって、いろいろ話したぞ。武士《ぶし》たる者、無駄口《むだぐち》はきかぬもの――と、どこやら思っていた自分だったのに、あの夜はそのことがちっとも気にならなかった……）

おいしいものは口をほぐし、話の糸口もほぐしてくれるからだろうか。

（あの舞《まい》さんにしたって武士《ぶし》の娘《むすめ》だった。それがあんなふうに如才《じょさい》ない口をきくようになったのも、商売だからというよりも、もしかしたら食べるものの力かもしれん……）

新太郎は、何か見つけものでもしたような気もちだった。

口の中のものがすっかりなくなっているのに、箸《はし》をもったまま もの思いにふけっている。そんな新太郎をそっとながめやりながら、たかのは、新太郎の心の奥《おく》にそっと座《すわ》っている人のことを思いやっていた。母親の直感がそうさせていた。

新太郎は、自分の考えごとに気を取られっぱなしのまま、のろのろと飯蛸《いいだこ》の鉢巻《はちまき》を箸《はし》ではずすと、おちょぼ口になってそいつをかじっていた……。

第五章・六人組

―おやすくないな、大木新太郎《おおきしんたろう》。

いきなりそう言われて、新太郎は何のことかと相手の顔をまじまじと見てしまった。次に道場へいった日のこと、道場はまだあの六人組だけの稽古《けいこ》の時間だった。いや、新太郎もいれるとすれば七人組の。

新太郎は自分はもう仲間として、七人で稽古しあう仲になっていたつもりだったから、その一言でまた、初めて六人と出会った日に引きもどされた気がした。

声をかけたのはいちばん年かさの小田孫三《おだまごぞう》で、六人の代表でそんな口をきいたふうに見えた。あとの五人はまだ支度中《したくちゅう》で、それでも孫三の声にそろって顔をあげて新太郎を見たところは、なんだか打合わせてのやりくちのように思えた。

新太郎は六人を受けて立つかっこうになって、つい身がまえてしまった。

―その目はなんだ。先輩《せんぱい》をにらみつけておるぞ。それに、そいつは、身に覚えのある目だ。

孫三《まごぞう》は、はなから喧嘩腰《けんかごし》の口のきき方をした。

新太郎は、目をしばたたいた。

―おンや、いまになってしらを切ろうとするのか。とうにわかっておったろうに。

―……何がでございますか。

―何がでございますか、ときたか。知らぬふりをしようというのなら教えてやろう。お前を探《さが》しておる女子《おなご》がおるぞ。

―まだ小姓組《こしょうぐみ》にあがったばかりの見習いだというのに、いっぱしの大人気取りか。

そうつづけたのは、松田新之丞《まつだしんのじょう》で、身体《がら》はいちばんでかい。立ってきて新太郎を見下ろすようにしてそう言った。

―大人気取り……。

新太郎は魚の苦い肝《きも》でも噛《か》みつぶしたような気で、その言葉を口の中でころがした。

―おうよ。もとはといえば、うちのおやじどのが小耳にはさんだことでな。

ひきとって言いだしたのは尾島又四郎《おじまたしろう》で、父親はお蔵方《くらかた》をつとめていた。それが聞いてきた——というよりも、聞きだしたといったほうがあたっていた。お蔵方尾島《おじま》又兵衛《べえ》は、何につけても根掘《ねほ》り葉掘《はほ》りして聞くのが好きなたちであった。

又兵衛は上役《うわやく》に連れられて「まい」にいったのだった。しゃきしゃきと仕事をこなしている舞《まい》を見ていて、

—あの身のこなし、並《なみ》の水商売の女子《おなご》ではありませぬな。

と、上役に耳打ちした。

—ほう。と言うと？

—あれは、武家《ぶけ》で育った者の身のこなし方でござる。

ほほう、おわかりか、それでは賭《か》けようか……と言ったところで、奥《おく》からご隠居《いんきょ》が出てきた。

—これはこれは石川どの。……庄左衛門《しょうざえもん》どのではござらぬか。

上役は庄左衛門のことをかろうじて覚えていた。しかしご隠居は返事をしなかった。

そんな名前など、もう捨てたつもりでずっといたからである。さっさと奥《おく》の部屋へ何かを運んでいってしまった。

——……おや、人ちがいであったかの……。

——名前のほどはわかりませぬが、あの老人《ろうじん》の身ごなし、これも武士《ぶし》のものでござろう。

又兵衛《またべえ》はすべて身ごなしであてをつけていた。

——いやいや、もうせん隠居《いんきょ》になられた方に似《に》ておられたものでな……。

上役は合点《がてん》のいきかねる顔だ。

——ここはまた不可思議な匂《にお》いのする店でござりますな。

又兵衛のいつもの聞きぐせが鎌首《かまくび》をもたげたらしい。

そのときいい匂《にお》いがして、小女《こおんな》が料理を運んできた。たたきわらびとたけのこの木《き》の芽煮《めだ》きである。おつまみは浸《ひた》し豆《まめ》。

又兵衛の腹《はら》の虫が鳴いて、聞きぐせは鎌首《かまくび》をひっこめた。そして、酒《さけ》になった。

それにしても、さすがは根掘《ねほ》り葉掘《はほ》りの又兵衛《またべえ》である。この店にやってくるうちの侍《さむらい》どもの中で、いちばん年若《としわか》なのはどなたかな？　という思いもかけない問いかけに、舞《まい》もついうっかりと、新太郎の名を口にしてしまったのである。

―ほう、大木氏《おおきうじ》のご子息《しそく》か……。

と上役《うわやく》がうなずき、さすがに遊び人どのはちがうの。息子《むすこ》どのを早々《はやばや》としつけなさるとみえる……、とつづけた。それを又兵衛が覚えていて、家に帰って息子に話したものだ。そしてそれが、

―おうよ。もとはといえば、うちのおやじどのが小耳にはさんだことでな。

となったわけである。

舞はいつのまにやら「女子《おなご》」になり、それも、新太郎を探《さが》しておる――と化けるのだからやっかいだ。「まい」の名も出た。

（探しておるだと？）

新太郎は、相手の言い方を思いおこしてみて、それはないでしょうに――と、冷静《れいせい》

に判断《はんだん》していた。

舞さんには、誰《だれ》にも知られていない稽古場《けいこば》まで知られている身だ。初めてあした店にいった自分だったが、父上のお供《とも》をしてだった。自分の正体なんか、舞さんにはわかっているはずだ。探《さが》す——ことなど何もないのだ。そうわかると、新太郎は落着いてしまった。

——はて？

と、あてがつかぬようすをしてやる。

——はて？——だと……。

相手は、むきになる。

——心覚えがないと言うのか。

——それはございます。「まい」という店になら、父とまいりました。

——それも存《ぞん》じておるわ。

又四郎《またしろう》が言った。

—もっとも、おれはいってはいないがな。

—おいしいものを出す店でございます。

新太郎が正直に言ったのに、それがかえって相手の気もちをあおったらしい。何せ、六人組は誰《だれ》もそんな店へいったことなどないのだ。むっとくるのも無理はなかった。

—お前のことを探《さが》しておる女子《おなご》に、おいしいものを出されりゃ、そりゃよいことだろうよ。

小田孫三《おだまごぞう》が、にくにくしげな言い方になった。

—立合え。

—は?

—おれたちと立合えっていうことよ。

—はい。それはいつもお相手をさせていただいております。

—そりゃあ、一人一人が相手だろうが。今日はひとつ、まとめてどうだ。

—は?

―初めての日に師範代《しはんだい》の胴《どう》を取ったほどのやつだ。腕《うで》に覚えがあるだろうよ。今日はひとつ、わしらをまとめてどうだ。

―それはまたとんでもないことでございます。

新太郎は本気で答えた。

一人一人を相手にしての稽古《けいこ》は、つけてもらってきている。それなりに、癖《くせ》もあり、腕もたつ六人だ。それをまとめて相手になどしたらどんなことになるか。

―ほう。おれたち先輩《せんぱい》の申し出など受けられぬ、と申すのか。

―はい。受けられぬと申しますよりも、かなうわけがございません。

―わしらが無体《むたい》なことを申しておる、と言うのか。

（それはそちらさまがおわかりでしょうに……）

と言ってやりたいところを、新太郎はぐっとこらえた。

―いえ。毎回お一人ずつに相手をしていただき、それでようやく今日までまいりました身、それがいきなり、みなさまを一度に相手になどと……。

——みなさま、ときたか。その言い方に険《けん》がある。

これも言いがかりだ——と新太郎は思った。しかし、どっちみち、相手は六人がかりで新太郎のことをいたぶる気だとも気づいている。言いがかりの元は、舞《まい》さんだ。それなら、舞さんの無実をはらすためにも、ここはいっちょうやらねばなるまい、勝ってやらねばなるまい——と、新太郎は心を決めた。

もちろん、自信などなかった。稽古場《けいこば》での一人修行《ひとりしゅぎょう》は、しょせんは我流《がりゅう》のものだ。六人は、この道場でまがりなりにも酒井師範代《さかいしはんだい》の手ほどきを受けてきた。その六人を相手に、勝つことなど、どだい無理な話だ。

——どうだ。みなさまを相手に、やってみるか。

小田孫三《おだまごぞう》が、みなさまを代表する声で言った。

初めからそのつもりなのだ。いまさら逃《に》げることもできぬ——と、新太郎は腹《はら》をくくった。だまって竹刀《しない》を取り、道場の中央に歩み出た。

六人は、さすがにあっけにとられた顔で、それでもぞろぞろと新太郎の前に並《なら》んだ。

――これじゃあ、だめだ
小田孫三《まごぞう》が、ほえた。

――かこむんだ。

新太郎は覚悟《かくご》した。これはいくらなんでも無理だ。いくらあの稽古場《けいこば》で気張《きば》ってきたといっても、一本の木刀《ぼくとう》のゆれを相手の稽古だった。まわりから一気の六本の竹刀《しない》は受けられるわけがない……。

六人が、新太郎をとりかこんだ。

自分たちが破《やぶ》れなかった師範代との稽古で、新太郎がいきなり胴《どう》を取ったのを見て、これはまた何事……と思った連中だ。新太郎にねたみ心も敵意《てきい》も抱《いだ》きつづけてきた。六人がかりでなら負けるわけはあるまい――ということで、あとは言いがかりの種がありさえすればよかったのだ。

六人は、それぞれのかまえで竹刀の尖《さき》を六つ、六方から新太郎につけてきた。背後《はいご》の気配は背《せ》で受けるしかない新太郎は、思いきって目を閉《と》じた。このほうが細《こま》かな気配まで、感じることができる——かもしれない……。

そのとき、

——……あーら……。

明るい声が道場にとびこんできた。それは歌うようにつづけた。

——やっぱりここでしたのねえ、尾島《おじま》さまァ。

(あの声、まさか舞《まい》さんじゃあるまいな……)

目をつむった新太郎はかまえをくずすわけにはいかないから、声のしたほうをふりむけない。

(それにしてもよく似《に》てるぞ。しかし、いまたしか「尾島さまァ」と言ったぞ。ならば、舞さんであるはずがない……)

そのとき新太郎は、横の一方で気が乱《みだ》れたのを感じた。

名前を呼《よ》ばれて尾島又四郎《おじままたしろう》がついふりかえったのだった。それにつられるように、両横の二人も声のしたほうにふりむいた。その機をのがさず、新太郎はかっと目を見

開くと、残り三人の竹刀《しない》を、大きく円を描《えが》くようにしてはねあげていた。この太刀《たち》さばきこそ、樫《かし》の木の木刀から身につけていたものだ。声にふりむいた三人は、竹刀をはねとばす新太郎の一撃《いちげき》に、ぎょっとなって立ちすくんだ。

勝負はついていた。

竹刀をもつ三人は、二、三歩後退《こうたい》し、竹刀を取り落とした三人はあわてて自分のを拾いにかかった。

—それまでェ。

今度は、まぎれもなく酒井師範代《さかいしはんだい》の声だった。

新太郎はゆっくりと声のほうにふりむき、師範代と、その横に立っている舞《まい》の姿《すがた》も同時に見つけていた。

舞の目が笑っていた。

(わざと声をかけたんだな)

新太郎にはそれでわかった。道場をのぞくなり七人のようすを見てとって、とっさに又四郎《またしろう》に声をかけたものにちがいなかった。声の助太刀《すけだち》——である。
七人それぞれに竹刀《しない》をおさめ、正座した。
—私闘《しとう》は禁《きん》じてある。
師範代《しはんだい》はきびしい声で言った。
—それも六人対一人とはおだやかならず。
六人は平伏《へいふく》し、新太郎もかしこまった。
—新太郎は目を閉《と》じ、体中で相手の気配を気取《けど》ろうとしておったな。
—……はっ。
—それでよし。ただし、真剣《しんけん》の場合は別だ。
—はっ。
—又四郎は声に気を取られ、気をそがれたな。
—はっ。
—あれが真剣《しんけん》勝負《しょうぶ》なれば、あの折《お》りに三人は斬《き》られておった。仲間は大きな痛手《いたで》をこうむっておった。

—ははっ。

又四郎《またしろう》は蒼《あお》ざめていた。

—斬《き》られたのはお前たち、声にふりむいた三人じゃ。ほかの三人は、まず太刀《たち》を払《はら》われて落としておる。新太郎はあのあと間《かん》、髪《はつ》をいれず、お前たちにおそいかかっておったことであろう。

—ご制止《せいし》のお声、ありがとうございました。

小田孫三《おだまごぞう》が年かさらしく、一同になりかわって師範代《しはんだい》に、遅《おそ》まきながらの御礼《おれい》の言葉を口にした。

—何がきっかけかは問うまい。以後慎《つつし》むように。

七人とも平伏《へいふく》していた。

その七人の頭の上を、やわらかにかわった師範代の声が、ゆっくりと舞《まい》に呼《よ》びかけていた。

—いや、これはお待たせした。

六人組は平伏《へいふく》しながら顔を見合わせていた。

(なんだなんだ。あの女子《おなご》を師範代《しはんだい》はご存《ぞん》じだったか……)

舞は澄《す》まして会釈《えしゃく》すると、奥《おく》の部屋に入る師範代について道場からするりと消えた。

新太郎がまず立ち上がって、舞の消えたあたりに目をやった。

六人はおそるおそる立ち上がり、孫三《まごぞう》が又四郎《またしろう》に言った。

—おぬし、あれは新太郎を探《さが》しておると言うたではないか。

—は。

—あの女子が呼《よ》んだのは、おぬしの名であったぞ。

—あいや……はい。

—これはどういうことだ。まさかあれがおぬしを探してやってきたものとは思われぬが……。

—ごもっともで……。

新太郎は六人に目礼《もくれい》を送ると、すばやく道場から出ていった。玄関《げんかん》へいくと見せかけて身をかがめると、二人が入ったと思える奥《おく》の間《ま》への廊下《ろうか》に、足音忍《しの》ばせて立ち入っていた。これ以上入りこめば耳ざとい師範代《しはんだい》に感づかれる——と、聞き耳だけを立てた。

すると、まるでそんな新太郎に聞かせるような大声で師範代が言うのが聞こえた。

—いや、見事な助太刀《すけだち》の一声《ひとこえ》でしたな。

舞《まい》が小さく何か答えた。

—間合いといい、声をかけた相手といい、ねらいどおりじゃったろう。

舞がまた小さな声で返事している。

(たしかにあの声で救われたようなものだった)

新太郎はうなずき、舞が何と答えたのかを知りたいと思った。まさか舞があの又四《またし》郎《ろう》を探《さが》してここにやってきたわけではなかったにしても。しかし師範代に用があって来たのだとわかると、べつに自分を探《さが》してのことでもなかったのだともわかった。

—七人を見るなり、その中に又四郎《またしろう》と新太郎がいたのがおわかりだったかな。

師範代《しはんだい》が、舞にたずねている。

舞の声はあいかわらず聞こえない。

—ふうむ。とっさの見極《みきわ》めか。それにとっさの判断《はんだん》、とっさの一声か。

—……………。

あとは師範代の声も低くなった。

新太郎はいまの師範代の言葉を胸《むね》のうちでくり返していた。自分には、あんなとき、そんなにとっさづくしでやれただろうか？

いきなり新太郎の頭の奥《おく》に、あの稽古場《けいこば》に一人入りこんでいる舞の姿《すがた》がともった。

あとをつけてきた山賊《さんぞく》らしい（！）男どもが五、六人、いきなり、舞をとりかこんだ。

折《お》りよく稽古場に来合わせた新太郎は、それを見るなり声をあげた。

—お前たち、何をいたす！

誰一人《だれひとり》ふりむきもしない。

（お前たち——がまずかったか……）

しかし相手の名を知らないから、呼《よ》びかけようがない。しかたがないので手近な男の左肩《ひだりかた》に竹刀《しない》を打ちこんだ。

——痛《いて》えじゃねえか、この小僧《こぞ》っこめ！

相手は肩《かた》を押《お》さえてふりむき、どなりたてた。なによォしやがる、おらあまだ何もしてねえつうのによ。

そうだった。これは失礼——と新太郎は素直《すなお》にあやまってしまった。山賊《さんぞく》どもは声をそろえて笑った。

——失礼なことをしやがったとはわかっていなさるとみえるねえ、坊《ぼ》っちゃん。

小僧っこの次は坊っちゃんときたか。小僧っこか坊っちゃんか、とにかく目にものを見せてくれる……。

新太郎は竹刀を大上段《だいじょうだん》にふりかぶった。

そのとき、連中のまんなかにいた舞《まい》が、例の樫《かし》の木の木刀にとびつくと、はずみをつけてそれをぶんまわした。

てっ！げっ！うっ！ぐっ！ひっ！

五人の男はその一回しの一撃《いちげき》で、声をあげて身を引いた。

(なんだなんだなんだよ。そんな手、ありかよ！)

新太郎は胸《むね》のうちでわめき、竹刀《しない》を大上段《だいじょうだん》にふりかぶったまま立ちつくした。

そして気がつくと、舞の姿《すがた》がなかった。

(また、消えたか！)

そこで頭の奥《おく》がからっぽになった。——

そのとき、舞の声が座敷《ざしき》でした。

—ありがとうございました。いつもいつもごひいきにしていただきまして……。

すっかり若女将《わかおかみ》の口ぶりと声になっている。

(見つかってはまずい)

新太郎は玄関《げんかん》にかけもどった。誰《だれ》の姿《すがた》もないので、そのまま外にとびだしていた。

そして左手の用水桶《ようすいおけ》のうしろに身をかくした。そうしながら、舞《まい》が出てくるところを見ようと待ちかまえていた。

舞は、何事もなかったかのように、道場から出てきた。左手に風呂敷《ふろしき》包《づつ》みを抱《かか》え、右手にも何やらもっていた。低声《こごえ》で、ひとりごとを言うのが——いや、新太郎にはよく聞こえたから、聞かせるつもりのよくとおる声で、といったほうがよかった。

—たしか、このお草履《ぞうり》だと思いますが——あの晩《ばん》いらしたときに見たもの、忘《わす》れてなんかいませんよゥ……だ。

そこでやっと、新太郎は自分が足袋《たび》はだしでとびだしてきたのに気づいていた。

(これはまずい。あわてたのが一目でわかる。ここから出るわけにはいかんぞ)

舞は、おかしそうに鼻緒《はなお》をつまむと、用水桶《ようすいおけ》の横にそっと置いた。どうやら、何もかもお見通しとみえる。これまでの勝負、本日はすべて舞の勝ち、であった。

第六章・「代参」

思いもかけぬことに、清高《きよたか》が床《とこ》についた。はじめは、軽い風邪《かぜ》じゃろ……と言っていたのに、熱もおいそれとはひいてくれそうにはなかった。こんなことはめずらしかった。

新太郎《しんたろう》は小さく歯噛《はが》みしていた。父上さえお元気ならば、今度は自分からたのんででも、「まい」にいきたかった。しかし、病人にたのめることではなかった。といっても、あそこへ一人でいくのは、気がすすまなかった。そもそもあしたたたずまいの町へ入っていくことが、自分には無理だとわかっている。かといってまさか母上にたのめることでもなかった。

いっそ師範代《しはんだい》に話して、お供《とも》させていただこうか。

—何が目的かな?

酒井《さかい》師範代ならば、まずそうたずねるだろうと思った。酒《さけ》や料理にはまだちいと早い年齢《とし》じゃし。ははあ、なるほど、舞《まい》どのかな……などと、からかい半分に言われそうに思えて、赤面《せきめん》していた。一人相撲《ひとりずもう》である。

（いや、それはちがうぞ、新太郎……）

自分の中から、そんな声がたちのぼってくる。

（舞どの、ではない。あの人の腕ではないのか。せんだっての道場での助太刀《すけだち》に礼を言い、あらためて立合いをお願いしたい――と言いにいきたいのではないのか）

それはそのとおり、かもしれない。しかしそんなぶっそうなことを言いにいく場所ではあるまい……。

（ならば、書面にしたためるがよろしかろう）

（それはまた堅苦《かたくる》しゅうて、何か果《は》たし状《じょう》でも突《つ》きつけるような気がするぞ）

（やっぱりそんなふうにするべきではない。いらいらしながらでも、とにかくおやじどのの病回復《やまいかいふく》を願うのが、とどのつまりは早道ということになる）

（それが、あのぶんでは願いまつっても早々《そうそう》に――ともいくまい）

（つまるところ、堂々めぐりではないか。ふっきりのよろしくないところは、どうやらおやじどのの血を引いているのではないかな）

（それを言うな）

（このまま待たされつづけるとどうなるのかな、新太郎）

（こっちが病気になりよるわ……）

（ほう、そこはまたちゃんとわかっておるではないか）

新太郎が自分の部屋にあおむけに寝《ね》そべり、そんなやりとりをくり返していると、そっと襖《ふすま》があいた。

—顔色があまりよろしくありませんよ、新太郎。

たかのの声が降《ふ》ってきた。

—まさか清高どのの風邪《かぜ》をもらったのではないでしょうね。

—父上は「風邪ではない、年齢《とし》からくる疲《つか》れのたまりじゃ」とおっしゃってました。

—それなら、新太郎はだいじょうぶ。そろそろ夕餉《ゆうげ》の支度《したく》もできています。今夜も一工夫《ひとくふう》してみました。

――いただきまする。

新太郎は正座《せいざ》して、自問自答のもやもやを頭からふりはらった。今夜はどんな工夫のおかずがあるのだろうか。

――これはこれは……。

お膳《ぜん》の前に座《すわ》るなり、新太郎はそれこそ、まるで清高が言うようなせりふを口にした。

椀《わん》の中の木の芽の下にしずんでいる白身《しろみ》はなんだろう？　あげじゃこやシソがのせられた飯蒸《いいむ》しはどんな味か？　そえられた菜の花がひきたつ小魚は何？　その横の蛤《はまぐり》が黄色の花みたいなのは、卵《たまご》を使ってあるからだ――と、これだけは見当がついた。

一つ一つを自分の目でたしかめていく。

そんな息子《むすこ》のようすを、たかのはじっとながめやる。ついこのあいだまでは、何も言わずにかっこむような食べ方だったのが、見事にかわった。それはもう、あの店にいったことがひとつと、自分が工夫したおかずに興味《きょうみ》をもつようになったからだ。

(でも、このくらいのおかずなど、次にあそこへいったときに、話の種にすることはないでしょうね……)

とは思いながら、もしかしたら、とも思っていた。

新太郎がだまって——それでもゆっくりと味わいながら食べているのはわかる。つくりがいができた、とうれしかったが、たかのはむろん言葉にはしない。

新太郎のほうは、お椀《わん》の白身をつまんで一口食べると、

(これは何という魚でございますか?)

と目できいていた。

—あいなめという魚。骨《ほね》は細かく多いけど、ちゃんと骨切《ほねき》りしてやれば。あっさりと品《ひん》がよいでしょう? お湯葉《ゆば》も入っているし。

話すときに困《こま》らないよう、材料の名をしっかり覚えるように教えてやる。

新太郎は次に焼魚の尻尾《しっぽ》をつまんでまた一口食べてみて、「これは?」の顔になる。

—鱚《きす》。ちゃんと昆布《こぶ》じめにしたのを焼いたもの……。

—キスノコブジメノヤイタノ。

おうむ返しにつぶやいてみて覚えこんでいる。これが、今日も夕暮《ゆうぐ》れどきまでをあの稽古場《けいこば》ですごした息子《むすこ》とは思えないくらい、おだやかな顔つきになっている。帰ってきたときは、まだ怒《いか》り肩《がた》だったのに。

しかし、たかのはあの道場での出来事は知らなかった。新太郎が話さなかったからだ。

(舞《まい》さんに助太刀《すけだち》してもらって、急場を救われたことなんか、話せるものか)

と、つっぱってのことだった。

(それでなくとも母上は、舞さんの武芸《ぶげい》の心得《こころえ》というやつを買っておいでのところがある……)

いつのまにやら新太郎の心の奥《おく》に忍《しの》びこみ、知らず知らずに、もやもやの種になっているらしい舞という娘《むすめ》さんのことは、たかのの心のかたすみにもちゃんとあった。まだ顔も知らないが、どうやらそのうち会えるような気がしている。とにかく新太郎のむこうにその舞さんとやらの、まだすきとおっていて見えない面影《おもかげ》をそっと置いてみると——新太郎のことも見えてくる気がするのが不思議だった。

新太郎は、たかののそうした気もちのやりくりなどどこ吹《ふ》く風で、いまはただ無心に食べていた。

＊

風邪《かぜ》ならしっかり食べていただくとなおりましょう——というのが、たかのの考えで、そのぶん、清高の食事には充分気をつかった。しかし、ご本人はあまり食が進まぬ——と言うもので、たかのの努力はむくわれていない。

—食べれば体力もつく、回復《かいふく》する——というのもなんだな、どこやら押《お》しつけがましい……。

などと、勝手なことを言って、食べようとする努力もしない。

──食べさせようとするよりも、こちらがしぜんと食べたくなるようなものを並《なら》べてくれんとな……。

などと、もっと勝手なことも言う。

清高がそんなぐちめいたことをこぼすのは、新太郎にだけだ。たかののほうは残りもののぐあいで、清高のぐちは、聞かなくともわかっている。だから聞き流すつもりでいる。ただこのところは、一工夫《ひとくふう》したおかずを新太郎がいそいそと食べてくれるから、そのたのしみが、清高のぐちのしるしである残りものの多さを帳消しにしてくれている。

さすがに見かねたのか、新太郎が母親の肩《かた》をもった。母上のこのところの料理、それはおいしゅうございます──と言ってくれたのだ。けれど清高は、うもうても熱のある口には合うまいよ……と、勝手なことを言い返した。

それではなおる病《やまい》もなおってくれませんでしょうに──とは言えないからか、新太郎は、つい本音をはいてしまった。

――次に「まい」にまいりましたなら、このところの母上の手料理のいくつかについて、話してみるつもりでおります。

――なんじゃと。

「まい」の名が出たせいか、清高が体を起した。

――母上は、あの店の話を聞いて、料理に一工夫《ひとくふう》も二工夫《ふたくふう》もなされたと聞きました。

――……。

――そのおかげで、おいしゅうございます。

――むう……。

清高は口をむの字に結んだ。そんなうまいもの、わしはついぞこの家では食べさせてはもらえんかったぞ。それがあの店のせいで、だと？　むう――ということらしい。

――よいことを思いついたぞ。

清高が言いだした。

――新太郎。お前は、あれと一緒《いっしょ》に「まい」にいってくれぬか。それで、いまの旬《しゅん》のもののとびきりのやつを、土産《みやげ》にしてもち帰ってくれんか。それならばきっと喉《のど》をとおろう。しっかり食べられよう。すれば、病《やまい》もおさまろう。

まったく、ひょうたんから駒《こま》が出たぐあいで、新太郎はたかののお供《とも》をして「まい」にいくことになった。たかののほうも、これは自分からは言いだせぬことながら、いわば願ってもないこと――と、清高のわがままをきいてあげることにした。

初めてのときは父親と、二度目はなんと母親とあそこにいくのは、さすがに新太郎も二の足をふんだ。舞《まい》さんに、「ま!」と言われ、まじまじと見られるような気がしたからだ。けれど、一人ではいかれないからには、しかたあるまい――とあきらめて、お供することにした。とりあえず親孝行《おやこうこう》だし、な……。

＊

―こんなこと、初めてですねえ……。

たかのはなんだかうれし気《げ》で、

—「代参《だいさん》」って言いましたっけ……。

新太郎がおどけたように言った。

—べつにお参りするところじゃないでしょ。でも、まあ、きれいな料理をおがませてもらうんですから、おなじようなものですか。

なんだかわくわくした物言《ものい》いになった。新太郎は、母上はうきうきしておられるぞ、と思った。とにかく、めったにないことにはちがいない。もっとも、新太郎は、舞がどんな顔をするか、気に病《や》んだ。こんな二人組のお客には、どう対応するのだろうか。

あの小橋にさしかかったときだった。

かかりのところに、ぬうっと人影《ひとかげ》が立ち上がるのを見て、新太郎はひとっとびでたかのをかばい、盾《たて》になって、どなった。

—誰《だれ》だ！　何用か！

のっそりした声で名のったのは小田孫三《おだまごぞう》だった。それが、ここを渡《わた》って「まい」とやらにいくのか——ときいた。

—そうだ。今夜は母上のお供《とも》だ。

—母上……か。ひらけたお方だな。

新太郎はたかのに、道場の先輩《せんぱい》です——と説明した。新太郎がお世話になっております——とたかのは頭をさげた。

—あ、いや、あ。どうぞお渡《わた》りください。

新太郎はたかのに先に渡ってもらい、では——と孫三《まごぞう》に声をかけながらお供のかっこうでつづいた。ちらとふり返ると、まだ何か言いたげな口の孫三が、背《せ》のびしながら見送っているのが目に入った。けれども新太郎は、もう気にしないことにした。

小橋を渡《わた》ると、町の顔がかわる。たかのは、一つ、大きくうなずいた。

—これは殿方《とのがた》がおいでになりたくなりますね。なるほど……。

そこここの辻《つじ》をまがってこの町にやってくる男たちは、こちらの二人組を見ると、おンやあ——という目になった。ものめずらしげに、まじまじと見直すやからもいる。

二人は澄《す》ましてやりすごし、足早に「まい」にむかった。

そらまめ色ののれんが見えてくる。新太郎はひとりでにもっと足早になる。たかのは、おかしそうにそんな息子《むすこ》の背中《せなか》を見やりながら、遅《おく》れじとついて歩く。のれんの前で、新太郎は一息ついた。今夜はあの「大木さまではございませんか」という、舞《まい》の声がない。うしろからちょっと押《お》してくれる人がいない。

—ここですか。きれいなのれん。

たかのが、のれんの「まい」の文字をゆっくり見てから言った。そしてさっさとくぐって入った。新太郎はついて入り、おや、前のときとおなじようだと思っていた。あのときは、舞について入ったのだった。その舞の声が、あの夜とおなじ調子でやわらかぁに、

—おふたりさまァ……。

と、とおした。奥《おく》のほうから、おういと応《こた》えたのも前とおなじだった。それから舞がこちらの二人をちゃんと見て、やっぱり、「ま!」と声をあげた。無理もないこと

だ。こちらはたしかに毛色のかわった二人連れなのである。舞は二人をあのときとおなじいちばん奥《おく》の小部屋に案内してくれた。

—前もここでございました。

新太郎が言う。

—いちばん落着く部屋ですねえ。

と、たかのが言う。

一目で店のつくりを見てとって、そう言ったのである。

—ここへいれてもらえたのは、前のときも今夜も新太郎のおかげでしょう——ね。

—は?

—あの舞さんとやらは、父上のことはご存《ぞん》じなかった。新太郎を見て、ここへいれてくださった。なかなかの「見切り」をおもちの方のよう……。

—は?

新太郎にはよくわからない感心のしかたに思えた。たかのはさっさと座敷《ざしき》にあがり、新太郎もついてあがった。これは前とは逆だ。舞《まい》が澄《す》まし顔《がお》で付出《つきだ》しを運んできた。

—どうぞお召《め》しあがりくださいまし。

よそいきの口調で言って小鉢《こばち》を置いていく。

—ま、花わさびに……。

と言ったところでたかのは口を閉《と》じ、箸《はし》を取って口に運んだ。(こちらは伊勢《いせ》えびの酒煎《さかい》り)というところは声に出さなかった。

新太郎はそんな母親を見て、自分もいそいそと箸をつける。一口食べてみて、「これはまた……」と声に出してしまったが、ものが何であるかはわからない。そのくせ、

—これでございます、母上。

低声《こごえ》で言った。

(うちのとくらべて、やっぱりちがうのでございます——って言ってるわけよね)

たかのは、もっともだと思った。これだからおあしもいただける、殿方《とのがた》も足を運ば

れる……。

そこへいきなり、声がやんわりと落ちてきた。

――こちら、新太郎さまのお母さまでいらっしゃいます――ね。

か？――とはきかなかった。

――新太郎さまはお母さま似《に》でいらっしゃいました。

――ま！

と、たかのが言い、

――それはそれは……。

と、新太郎がうれしそうに言った。父親似にはなりたくなかったのだ。それにしても「いらっしゃいました」だと？　前に父上と来たときと、ちゃあんとくらべているのだ――と、新太郎は少しだけむっとした。相手の冷静《れいせい》さが気にくわなかったのである。ずっと観察していたのか、ふん……。

その夜は店がたてこんでいたせいか、ご隠居《いんきょ》は顔を出さなかった。舞も小走りに運びつづけていて、もう一人の小女《こおんな》はもっと忙《いそが》しくしているように見えた。

―ほんとにおいしいもの。はやるわけですよね。

たかのが言い、新太郎はうなずきながら、目の前に出されたものを片《かた》づけるのに忙しかった。一皿《ひとさら》一皿が前とちがっており、またしても、見当のつけられないものばかりだった。けれどそこはまたあとで母上にきこう……と思って、新太郎はひたすら食べていた。ところで、父上の土産《みやげ》となると、これら以上のものだろうから、いったいどういうものだろうか――。

新太郎は土産がどんなものか知りたくて、舞《まい》が次に料理を運んできたときに、それとなくきいてみた。

―ないしょ。

舞は、あっさりと言った。

―お父さまがたのしみにしてらっしゃるものですもの。新太郎さまがご存《ぞん》じでしたら、お父さまにおもちになったときにお顔に出てしまいますでしょ。

——まさか。

——いいえ、新太郎さまはまっすぐなご気性《きしょう》ですから……。

——はい？

——ということで、やっぱり、ないしょ。

——いいえ、そのときは母が運んでいきますゆえ……。

——おや、清高どのの食事の面倒《めんどう》は新太郎がみてくれるのではなかったのですか？

今夜はそれで新太郎と二人でここへお土産《みやげ》をいただきにきましたのでしょ？

——あ、いや……。

——ここのならすんなり食べられ、食べれば体力もつき、風邪《かぜ》も逃《に》げる——と、おっしゃらなかった？

——あ、いや。そのとおりですが……。

——それなら、新太郎がちゃんとおもちしなきゃ。

——あ、はい。

――では、「ないしょ」の品は新太郎に。

たかのは澄《す》まし顔《がお》で言い、おかしそうに「あ、はい」――と口まねをする舞《まい》のことを、そっと見ていた。

母親の手前、新太郎は、このあいだの道場の礼も言えず、ましてや、手合わせのことなどもちだせるわけもなかった。

舞は、あの道場でのことなど、まるでなかったかのように、この前父親と来たときとおなじに、てきぱきとものを運び、料理の中身について、きりりと説明し、さっさと奥《おく》に消えた。あのときのことをちらとでも口にするのでは――と気にしていた新太郎にとってみれば、あっけないほどの接《せっ》しぶりであった。

その夜、新太郎が驚《おどろ》いたのは、母上も召《め》しあがるのか――ということだった。むろん、お酒のことである。

舞が、おつけします？ とききき、たかのがうなずき、徳利《とくり》が運ばれてきた。

――新太郎にはやはりまだ少々早すぎますか。

たかのは首をかしげ、

—いつからこれをいただくかは、やはり清高どのにおまかせいたしましょう。

と、自分で答えている。

そして自分は、おいしそうにのみ、ちゃんとおかわりまでした。新太郎には思いもかけないことだった。

—いつか清高どのと新太郎の三人で、ここへ来る日もありましょうか、ね。

やはり少し酔《よ》ったせいか、そんなことも口にした。

—それはもう、おそろいでおいでくださいまし。

舞が如才《じょさい》なく言った。

—どうでしょうか、ね。

(母上はお酔いだぞ)

新太郎は思い、あの小橋を、母上に肩《かた》を貸《か》して渡《わた》るところを、ちらと思い描《えが》いてしまった。——

しかし、そうはならなかった。

たかのは来たとき同様、すたすたと歩いて小橋を渡《わた》り、土産《みやげ》の品を大事に抱《かか》えもって家までもどった。包みをあけてみて、もうひと手間かけましょ……とつぶやき、あそこで出されるのとおなじようにあったまったものを、清高のところに運ばせた。

待ちかねていた清高は、一口食べてから満足気《まんぞくげ》に言った。

—まるであの店で食べておるようだの。

それで元気になられるものなら——という顔の新太郎とおなじ顔で、たかのは台所に立っていた。——

それが効《き》いたものか、清高は三日後に床上《とこあ》げすることができた。

ほんとにうまいものは効く。さすがは「まい」よの——というのが、そのときの清高の一言だった。

第七章・待ち伏せ

それからしばらくたってからのこと。そうだ、ご隠居《いんきょ》を待ち伏《まぶ》せしよう——というのが、新太郎《しんたろう》の思いになっていった。

あれから何度も何度もくり返し脳裏《のうり》に描《えが》いてしまうのは、あの道場での出来事だ。あのときの舞《まい》さんの見切りは、いわば「太刀先《たちさき》の見切り」とおなじものだった。ほんの束《つか》の間《ま》の遅《おく》れが命取りになる。

あのときだって、下手《へた》をすれば何人かが骨《ほね》くらいは折《お》っていたかもしれない。それを、あの一声が止めたのだ。思い返し考え直すたびに、舞さんがどうしてあのとき、あんなことができたのか。そこのところをご隠居にちゃんときいてみたくなったのだ。

(ご隠居の気性《きしょう》では、仕入れには自分で出かけないと気がすまないのではないか)

と、まず考えた。

魚についてては、魚市場《うおいちば》に出かけて、その日水あげしたものに、じかにあたるにちが

いない。で、野菜《やさい》などのほうは舞《まい》さんにまかせているとすれば、舞さんは魚市場につ
いていくことはあるまい――と、ふんでもいた。
魚市場いきを待《ま》ち伏《ぶ》せる――というのが新太郎の考えたやり方だ。お城《しろ》へ出仕《しゅっし》する
前にすませられるくらいの時間になるから、つごうもいい。それにそんなに早朝なら、
人目につくことも少ないだろう。
あたってくだけろ――だと、新太郎は決心した。せっせと歩きまわり、魚市場への
往《い》き来《き》の道に見当もつけた。その何本かを順にあたってみることだ。
――今日より朝稽古《あさげいこ》に出かけまする。
新太郎は、たかのにはそう言うことにした。たかのは、新太郎が何か思うところが
あって朝稽古をはじめるものだと思いこんでくれた。新太郎もできることなら、そう
したかった。うそはつきたくなかった。
明《あ》け六《む》つ（午前五時ごろ）には家を出る。
稽古《けいこ》着姿《ぎすがた》に竹刀《しない》をもっただけの身軽ないでたちだから、あやしまれることもないだ

ろう。しかし、もう少し遅《おそ》くなると意外と人を見かけるようにもなる町筋《まちすじ》を、早足ですたすた歩いていて、出歩いている岡《おか》っ引《ぴ》きあたりに見とがめられないともかぎらない。早いにこしたことはなかった。新太郎は目も耳も人一倍《ひといちばい》たしかだ。遠くのほうからやってくる足音に気づけば、見すかして道をかえればいい。

だが、ご隠居《いんきょ》のほうでも、気まぐれに道をかえることもあるだろう。

やってみると、賭《か》けみたいなもんだ、と思ったが、とにかく賭けてみるしかない。

あとは自分に運がついているか、ご隠居と縁《えん》があるかどうかだ。

富《とみ》くじでも引こうとしている気もちだった。とにかく、あたるまで引くのだが、できることなら一日も早くあたってほしかった。新太郎は自分がこんなにせっかちだとは思ってもいなかった。

はずれの朝がつづいた。

ご隠居のほうは、決めた道筋《みちすじ》をかたくなに守り、毎朝いつもどおりの魚市場がよいをつづけている。新太郎よりずっと早くに家を出ていた。道筋よりも出かけるときをかえるほうがあたりが早かったことに、新太郎は思いいたっていなかった。

市場の休みの日は店の休日にしてあるので、ほかの日は雨だろうが雪だろうが出かけていた。前日が悪天候《あくてんこう》だと翌朝《よくあさ》は魚も少ないので、いつもより早く出かける。はずれがつづくわけだった。

せっかちな性格《せいかく》が新太郎にさいわいしてくれた。

新太郎は自分でも気づかずに、出かける時間を少しずつ早めていた。それと、ご隠《いん》居《きょ》の決まりの道筋《みちすじ》とがうまく合わさった朝が、あたりの日になった。

稽古《けいこ》着姿《ぎすがた》の新太郎を、ご隠居が先に見つけた。

(おや、あれはたしか、うちに二度ばかり来てくれた客だぞ)

いまではご隠居も、人のことをそんなふうに見るようになっている。

(朝の早《はよ》うからいったい何をしているのかな……)

一拍遅《いっぱくおく》れて、新太郎も気がついていた。

(まちがいなし。ご隠居さまだ)

新太郎はかけだした。ご隠居《いんきょ》は、何事かと、立ち止まって待ちうけている。ご隠居の前まで一気に走ってきた新太郎は、息をととのえると、

—お早うございまする。

と挨拶《あいさつ》した。

—これはこれは。魚市場へゆくところですが、一緒《いっしょ》に来られますかな。

侍言葉《さむらいことば》はとっくに捨てている。やわらかに誘《さそ》われた感じで、新太郎もつい、はい——と答えてしまった。竹刀《しない》をもって稽古着姿《けいこぎすがた》で市場へ——というのもおかしいと思ったが、ご隠居は気にもとめない。自分の家にでも入る足取りで魚市場に入り、ここぞと決めてある店だけを大またでまわりはじめる。気もちのいい早さで魚を選び、店のおやじさんと気合いの入ったやりとりもし、そのあいまに一匹《いっぴき》だけ何か大きめの魚を用意させた。新太郎にしてみたら、あれよあれよ——というまのことだった。

—朝飯《あさめし》にしますかな。どうです?

新太郎にきき、こくんとうなずくと、市場を出たところの小店に誘《さそ》った。

—もしかしたらここの、何も手をかけないやつのほうが、うちのよりうまいかもしれません。

低声《こごえ》で新太郎に言って笑った。

丼《どんぶり》に大盛《おおも》りの飯《めし》によく合う、刺身《さしみ》と焼魚と汁《しる》もの。どれもがめっぽううまかった。

—その若《わか》さでこんなに早くから歩きまわり、何も腹《はら》にいれてなさらんとなると、ま、何を食べてもうまいもんですが……。

ご隠居《いんきょ》は笑いながら新太郎の食べっぷりをうれし気《げ》にながめ、自分も負けずにわしわしと食べていた。

—ここはまだ、あれには教えておりません。

ご隠居はないしょごとを告げるように、新太郎にささやいた。

あれ、が話に出たのがよいきっかけとばかり、新太郎は、まっすぐにきくことにした。

—舞《まい》どのの武芸《ぶげい》の腕《うで》、どのようにお鍛《きた》えになられたものでしょうか。

―ぶ・げ・い？　ま・い・ど・の・の？

ご隠居《いんきょ》はほんとうに驚《おどろ》いたという目になって、くり返した。

―とんでもない。そんな大《だい》それたことを教えるどころか。いまの料理にしても、あれがつくるものは、祖母《そぼ》や母親ゆずりのものを、わたしが習《なろ》うておるくらいで……。

（ま・さ・か……）

新太郎はまた率直《そっちょく》に、せんだっての道場での出来事を、かいつまんで話した。

―ほうほう、そんなことがございましたか。それはもうまぐれでございましょうな。

―いいえ、そうとも思えませぬ。

新太郎はくいさがった。自分の稽古場《けいこば》での舞《まい》の姿《すがた》の消し方も話してみた。

―それだって、たまさか、うまくいきましただけのことでしょう。

（そんな……）

―かりにわたしがちょいとばかり手ほどきをしてやったことがありましたとしても、それは自分の身を守るための手だてくらいのところまでで……。

（それならそのあとは自分で、自分流に武芸《ぶげい》をたしなんだとでもいうのだろうか？）

新太郎の頭のかたすみに、花瓶《かびん》に竹刀《しない》や木刀《ぼくとう》を花のように飾《かざ》りつけている舞の姿《すがた》や、手裏剣《しゅりけん》でお茶をたてている舞の姿が、ついたり消えたりした。

（あの年齢《とし》で稽古場《けいこば》あたりに出没《しゅつぼつ》していたんだ。何をやっていても不思議ではないぞ）

ご隠居《いんきょ》は、舞がわが身を守れるように、ちょいとばかり手ほどきした――と言ったが、それはなにしろ武士《ぶし》だったころのこと、並《なみ》のことではすませる男ではなかった。いま、目の前でのんびりと茶をのんでいるご隠居の姿に目をくらまされた新太郎が、そこまでは思いいたらなかっただけのことだ。

負けずぎらいの舞は、そのうえに、知らんぷりで、祖父《そふ》の手ほどきの何倍も自習していた。そのことも、あの店での舞のやわらかな立居《たちい》ふるまいや話しっぷりが目くらましになって、これまた新太郎がそこまで思いいたらなかったばかりのことだった。

――それよりもこの魚、あがったばかりの鰆《さわら》です。魚へんに春と書きます。いまが旬《しゅん》のもの。刺身《さしみ》になさるといけるかと思いますが、母上にお渡《わた》しいただけますとよろしゅうございましょう……。

＊

とどのつまり、新太郎は朝食をご馳走《ちそう》になったうえ、生きのいい鰆《さわら》まで土産《みやげ》にもたされて帰ることになってしまった。なんだか肩《かた》すかしされた気がした。そしておかしな朝帰りになった。

たかのは、息子《むすこ》があんな山中でどうやって鰆を手にいれられたのか——と目を丸くした。新太郎は正直にいきさつを打ちあけるしかなかった。

たかのは清高から、あのご隠居《いんきょ》の腕前《うでまえ》について、かなりの手だれだ——と聞かされたことがあった。はりきってご隠居に会っていろいろ問いただしたところで、新太郎は軽くいなされたのではないか。たかのは何も口をはさまずに、鰆《さわら》をありがたくちょうだいするだけにした。

新太郎は話すだけ話してしまうと、何やらまたもの思いにふける顔で、上《うわ》の空《そら》でまた朝食をとって、たかのを驚《おどろ》かせた。今朝はもうおいしい丼飯《どんぶりめし》をいただいてまいりました——と話したばかりではなかったのですか……。

新太郎は、そそくさと着がえて、さっさと出仕《しゅっし》していった。——

つづいて朝食をとろうとしていた清高は、魚の入った大きな桶《おけ》をさげて息子《むすこ》を見送っているたかのの後姿《うしろすがた》にどぎまぎしていた。

（まさか新太郎が朝釣《あさづ》りに出かけて釣《つ》ってきたわけではあるまいが……）

話せることならいずれちゃんと説明するだろうで……ということで、ここは見ザル聞カザル言ワザルでいくことにし、清高は朝餉《あさげ》のほうを選んだ。

新太郎に声をかけそびれたまま見送っていたたかのは、手にもっていたものの重みで、はっと鰆《さわら》に目をやって、いそいで台所の裏《うら》へまわっていった。

手早く鰆を切りさばき、腹身《はらみ》のあたりを刺身《さしみ》にして清高の膳《ぜん》に追加《ついか》した。

—朝から刺身とは豪勢《ごうせい》な……。

とか何とかうれし気《げ》に言いながら一口食べてみて清高は、これはまた！と、声をあげていた。この魚は刺身《さしみ》では初めて食べるものだが、いったい何者?とつづけていた。

―何者も何も。ただの鰆《さわら》でございます。

たかのがおかしそうに言っても、

―刺身にできるような鰆がどこで入手できた?

と、きいてしまっていた。

―たぶん、魚市場でございましょう。

―誰《だれ》が、そんなところへまいったのだ?

―新太郎が今朝ほどまいったそうでございます。

たかのはおもしろがって、わざとぼかした言い方をした。

―そのような――ことがあるわけがない。あれが魚市場の場所など知っておるわけがなかろう。

―でもそのお召《め》しあがりのものは、まず魚市場くらいでしか手に入るものではございませんでしょう?

——それはまあそうであろうが……。

どうにも腑《ふ》に落ちぬ顔の清高に、そこでたかのは、ようやく本当のいきさつを話した。

——なに？　あのご隠居《いんきょ》をわざわざ探《さが》して会いにいきおっただと？

清高は気色《けしき》ばんだ。だがそれも一瞬《いっしゅん》のことで、すぐに肩《かた》を落とすと、

——また何を思うてそのようなことをしおったのか……。

力なくつぶやいていた。

たかのは、あの娘《むすめ》さんの武芸指南《ぶげいしなん》について、新太郎がきくためだった——というところは伏《ふ》せておいた。それが清高の思い出したくない古傷《ふるきず》につながることを、感じていたからだ。

——ま、一人ではあのお店にいけません以上、そんなふうにして、そんな時刻《じこく》にでもお会いするしかお話しできませんでしょうし……。

と、ぼやかすだけにとどめておいた。

——……話と申していったい何の話をするつもりでいよったのか……。

清高は、なかばぼやくような口ぶりになって、たかのの言葉を待ったが、たかのはすぐには答えなかった。

新太郎にしても、そんなに気張《きば》って毎朝早くから出かけ、ようやく会うことができたというのに、何やらうまく肩《かた》すかしされて帰ってきたところがあった。ご隠居《いんきょ》にとっては、昔のことはもう忘《わす》れたもおなじこと——とは察しがついた。しかし、たかのの推測《すいそく》がそこで行き止まりに突《つ》きあたるのも、無理はない。新太郎が肝心《かんじん》の道場での出来事を話していなかったためだ。

—新太郎は朝稽古《あさげいこ》にいくと申しまして、稽古着姿《けいこぎすがた》で竹刀《しない》をもって出かけておりました。何の目くらましのためかは存《ぞん》じませんが、その姿でお会いするというのは、やはり武芸《ぶげい》にかかわることではございませんでしょうか。

——……まさか、立合っていただこう——としたのではあるまいな。

清高はそんなことまで、口にした。

——まさか。立合ったあとで鰆《さわら》を一本いただくというのはございませんでしょう?

——……。

——これはやはり新太郎が話しましたように、魚市場をご一緒《いっしょ》させていただき、仕入れにおつきあいさせていただいたあとの土産《みやげ》、とりましたほうが……。

(それにしては立派《りっぱ》すぎる土産だ。何か口封《くちふう》じ——のためではあるまいな)

清高は深読みしすぎて、よけいにわからなくなっている。

そのあたりで刺身《さしみ》がなくなってしまったせいか、清高は鰆《さわら》とご隠居《いんきょ》と新太郎のことにかまけるのは打ち止めにした。

そそくさと支度《したく》すると、ことさらに忙《いそが》しい足取りで出仕していった。

*

朝の仕入れからもどったご隠居は、魚がまとめてとどけられるのを待つあいだ、いつものように舞《まい》を手伝って店のそうじをしていた。そうしながらも、舞《まい》のようすにいつもとちがったところはないかと、ちらちら目をやっている。

舞《まい》のほうは、そんなおじいさまの、目のやり方には、とっくに気づいていた。今朝《けさ》は市場で何かがあった——と、直感するところがあった。

それでも舞は、いつもどおり、ていねいに店の内外《うちそと》をはき清め、ふいていた。野菜《やさい》をていねいに扱《あつか》うのと一緒《いっしょ》だ。心落着《こころおち》ついて扱わねば、野菜もいらだってしまい、そのもの本来の持ち味を、それこそちゃんと出してくれない——とは、おじいさまのお師匠《ししょう》の七蔵《しちぞう》さんの口癖《くちぐせ》だった。

(魚がくる前に、やはり話はしておこう)

ご隠居《いんきょ》はそう決め、決めたとなると、すぐに口に出した。舞相手のことだと、このところこらえ性《しょう》がなくなっているきらいがあった。

—ちょいと小耳にはさんだことだが……、町の早坂さまの道場に顔を出したとか。

—かけとりにうかがいました。

—なるほど。若先生《わかせんせい》も師範代《しはんだい》の酒井《さかい》さまも、うちをよう使《つこ》うてくださるな。

—上客《じょうきゃく》さまでございます。お弟子《でし》さまのご家族の方もちょいちょいお見えくださいますし。

―それはありがたいことじゃが、そこで一声、気合いをいれたそうじゃな。

―はあ？　気合いをいれる――ですって……。

わかっていて、舞はとぼけた。

―おかげで救われた、と申した者と出会《でお》うた。

侍 言葉《さむらいことば》がちょっぴりもどっている。

―さあ。わたしはただ知ったお方を見かけましたもので、その方のお名前をお呼《よ》びしましただけで……。

―ふむむ。

ご隠居《いんきょ》は、舞の守りが意外とかたいので、それ以上は言いよどんだ。

―なんでしたら、酒井《さかい》さまにおたずねくださいまし。

舞は少しばかり切口 上《きりこうじょう》になった。

―わたしは、すぐに部屋にお通しいただき、お茶とお菓子《かし》をふるまっていただきました。そのあと、お代をいただいてもどってまいりました。

舞《まい》の言ったことにうそはなかった。ただ、言わなかったことがあるだけのこと。さすがにご隠居《いんきょ》も、それ以上たずねるのはよした。でないと、あの新太郎という男の子にきかれたことを口にしてしまいそうだった。

(ま、とにもかくにも、そうしたことはもう昔の、とっくにおわってしもうたことよ)

いつもの思いに落着いて打ち切りにした。

昼もすぎて、ご隠居はいつものように春大根の皮をていねいにむきはじめた。

(これをやっておると気もちが落着く)

おなじ薄《うす》さにていねいにくるくるくるむいていく。くるくるくるくる……。

その大根の薄い膜《まく》のようなもののむこうに、舞の後姿《うしろすがた》がすけて見える。くるくるとよく働く姿が見える。

（あの背中《せなか》には、武芸《ぶげい》の「ぶ」の匂《にお》いもしないのだが……）

新太郎の話が事実だとすると、舞はいつのまにか、自分の身を守る手だて以上のものを身につけているとしか思えない。

（いつのまに？　いったいどうやって？）

ご隠居《いんきょ》はずいぶんしばらくぶりに武芸のことを考えていた。

（あれがまだ小さなころに、少しばかりきびしく教えてはみた。太刀《たち》のもち方、ふり方、受け方あたりまでは、男の子並《な》みにやらせたものだった……）

舞は、つらくてもけっして音《ね》をあげなかった。小さな口を「へ」の字に結んで、自分が納得《なっとく》できるまでおなじことをくり返してあきなかった……。

（男の子じゃったら、かなり以上に見込《みこ》みがあった。とことん教えぬいたことじゃろ。しかし女じゃもの、そこまでは——と、やめてしもうた……）

——はずなのである。

（いまさらきいたところで、話すまい）

それは、さっきまでのやりとりで、よくわかった。

料理のやり方を見つづけていても、おなじやりくちであった。納得《なっとく》できる味のものができるまで、何度でもつくり直していた。

—そのあたりで、もうよかろう。

たまりかねて言っても、

—おばあさまのお仕込《しこ》みでは、まだまだ……。

と笑って、やめなかった。

（……ふうむ）

小首をかしげるご隠居《いんきょ》の鼻に、なんだかうまそうな匂《にお》いがただよってくる。

（ふうむ、何かな……？）

（どうもその、わしは匂《にお》いに負けてしまうところがあるぞ）

ご隠居《いんきょ》はもう何十回目かの反省をしている。

（いやもうすっかり料理人の鼻になってしもうたかな）

苦笑《にがわら》いしながらそう思い、それでもつい、舞《まい》の手許《てもと》のものをつまみたくなる。

（むう。このところまたいちだんと料理の腕《うで》をあげたようじゃ）

自分はどうだろうか——と、ご隠居は、またのばしかけた箸《はし》を自分の鍋《なべ》にもどして味見をしてみる。ふう、悪くはないぞ……。

（ま、かわりばえはせんがな）

とはいえ、それもまた料理の大本《おおもと》ではある。いつだっておなじうまさのものがちゃんとつくれることも大事なのだぞ……と、これは胸《むね》にしまってある。とりわけ、うちのような小料理屋にとってはな……。

そんなご隠居《いんきょ》の気もちのゆれぐあいが見えるかのように、舞《まい》が小鉢《こばち》にいれた何かを運んできた。

見ると、なんのことはない、小芋《こいも》の煮《に》っころがしである。

(それにしては色が薄《うす》いが……)

とりあえず、つまんで口にいれる。

(味は薄いのに、しっかりしみこんでおる)

いける——とは思ったが、こんな煮方《にかた》は教えたことがない。もっと濃《こ》い味つけで、あまからく、つやよく仕上げるやり方だ。白煮《しろに》は上方《かみがた》のやり方だとは聞いたことがあるが、これはその白煮ではないか……。

—白煮にしてみたんです。

舞は、澄《す》まして言った。

—誰《だれ》に習《なろ》うた?

—お運びをしていて聞いたんです。京で食べた白煮の小芋《こいも》がうもうてのう……って。

――……。

――それでそのお武家《ぶけ》さまにおききいたしました。

――つくり方、たき方をか？

――そのところは男の方《かた》ですもの、ご存《ぞん》じありませんでした。ただお味のぐあいを……。

――ふうむ。あとは自分の工夫《くふう》か。

――何度もやってみて、今日ようよう、これならばお口に合うかと……。

――わしの口より、酒好《さけず》きの人には合うかもしれんな。

芋《いも》、たこ、かぼちゃは女子《おなご》の好物《こうぶつ》で、それだからまたよけいにしっかりと味つけするものだ。その反対のことをやってみたわけらしい。女子衆《おなごしゅう》が店に来られることは、まず少ない。ならば、江戸《えど》のやり方の、上方《かみがた》のたき方の――などと言っていないで、うちのもの――として仕上げていけばよろこばれる一品《ひとしな》になるかもしれんな……。

そのところをご隠居《いんきょ》は、

――いま一工夫《ひとくふう》かな。

とだけ言った。

それでも舞《まい》はうれし気《げ》に、からになった小鉢《こばち》をもって鍋《なべ》の前にもどっていった。

（あれは舌《した》も鼻もまだまっさらだ。そろそろちびた筆先みたいになっとる自分のとは大ちがい。じゃから思いきったつくり方もできよう。その思いつきの芽を摘《つ》まぬようにせねば……）

ご隠居《いんきょ》は、まだ口の中に残っている薄味《うすあじ》のうまみをとかしていきながら、舞の後姿《うしろすがた》に目をやる。こういうつくり方もやっていけば――と言われたうれしさが、その肩先《かたさき》に咲《さ》いているようなきびきびした動きで、舞は立ち働いている。

（ふうむ。気合いが入っとるの）

ご隠居はまた道場での気合い問答《もんどう》のことをちらと思いだしたが、さっきの料理で帳消しにすることにした。道場で大声の気合いをかけるような女の子が、あんなにこまやかな味のものなどつくれるものか――という気もちもあって。

そこへうまいぐあいに、魚をとどけにきた若い衆《わかいしゅう》の威勢《いせい》のいい声がとびこんだ。

—ご苦労さん。

—ご苦労さまァ。

二人同時に返事して迎《むか》えに出ていた。

*

—ご隠居《いんきょ》さまもオニオコゼをちゃあんとおろせるようにおなりなら、まず、一人前《いちにんまえ》だ。うれしいね。

歯切れのいい話しぶりの男は七蔵《しちぞう》で、その前にはなんと、舞がかしこまって座《すわ》っている。おじいさまの師匠《ししょう》である板前《いたまえ》の七蔵さんと、三月《みつき》に一度くらいはこうして会って、いろいろと報告《ほうこく》もし、教えも受け、ときには休みの日の七蔵の店で料理の手ほどきだって受けていた。

むろん、ご隠居にはないしょのことである。やれかけとりの、乾物《かんぶつ》ものの仕入れの……などと言っては出かけてくるのだったが、ご隠居は舞のことを、これっぽっちもうたぐったりしていない。

去年の夏は柳《やなぎ》たでの葉を使って器用にたで酢《す》をつくった舞《まい》に、ご隠居《いんきょ》は目を見張《みは》ったが、

―おばあさまの直伝《じきでん》。

と言われてうなずいていた。おばあさまがつくるところをちらと見たことはあったが、ちゃんとつくれるように手ほどきしてくれたのは、じつは七蔵《しちぞう》さんだ。

―白身魚の焼いたのにゃ、ぴったしだ。べつに鮎《あゆ》にかぎりませんぜ。

と教《おそ》わって、いろいろとためしてみると、お客には評判《ひょうばん》がよかった。たでの葉はむろん、自分で摘《つ》んでくる。新太郎《しんたろう》の稽古場《けいこば》のあたりをうろつくわけだ。

―七蔵さんが食べて、これまでにいちばんおいしかったものは何でした?

と、舞はきいてみた。

七蔵はすぐに、そりゃあ見附《みつけ》の宿《しゅく》で食《く》った川亀《かわがめ》の鍋《なべ》だった――と答えた。煮《に》えかげんがいちばんいいときの小鍋仕立《こなべじた》てだった。川亀ってスッポンですから、誰《だれ》も食べよ

うなんて思わなかったのを、うまくつくったんだ。驚《おどろ》きましたよ。

七蔵《しちぞう》は、そのときの味を思いおこす目になっていた。

—生きた川亀《かわがめ》を見ますとね、ちょいと料理する気にはなれないもんでしたがね。

七蔵は川亀の話は、それきりにした。

—そちらのお店じゃ、もっとおだやかなものをお考えになったほうがお似合《にあ》いですよ。

—はい、それはもうよくわかっております。

舞は神妙《しんみょう》に返事したが、内心では、いつかその見附《みつけ》の宿《しゅく》へでもいくようなことがあれば、川亀とやらを食べてみたいな……と思っていた。なにしろ七蔵さんが「いちばんうまい」って言うんだもの……。

七蔵は七蔵で、ほっとしていた。

あれ以上話して、舞に川亀を食べてみたい——などと言われたら大事《おおごと》だ。なにせ、言いだしゃきかない方《かた》だからな。

七蔵《しちぞう》は、舞《まい》が川亀《かわがめ》ののばした首を切っている姿《すがた》など見たくなかったのだ。

それとは背中合《せなかあ》わせみたいな舞の姿が心に焼きついている。ご隠居《いんきょ》が初めて舞を店に連れてきた夜のことだ。七蔵が心をこめてつくった「うづまきゆり」を、うれし気《げ》に口に運び、大人みたいにゆっくりと味わってくれた姿である。

そして七蔵は、そんな「うづまきゆり」の舞さん――にぴったりのものを思いついた。ちかごろお江戸《えど》ではやっているという水ものだ。食べるものではなくて、飾《かざ》りものだが、舞のそばに、いや、あの店にあってもけっしてじゃまにはなるまい。

(次にお会いするまでに手にいれといて、おもちするか)

ここの小さなご城下《じょうか》ではまだ見られないもので、そいつを手にいれるには、お江戸までちょいとひとっ走《ぱし》り出かけなくてはならないが……。

まだ川亀《かわがめ》の味のことが心残りになって頭のすみっこから消せずにいる目つきの――舞の顔を見やりながら、七蔵はその可愛《かわい》い生き物の姿を、舞の横に思いうかべてみた。

(ぴったりじゃねえか……。どしてまたいままで思いつかなかったんだ)

七蔵《しちぞう》は自分にむかって小さく舌打《したう》ちしていた。

＊

稽古場《けいこば》に出かけても、このところ、新太郎はすぐに稽古にかからず、あの樫《かし》の木の根元に座《すわ》りこんでいることが多くなった。

どうも突《つ》っ走《ぱし》るきらいのある自分のことを、ひとつ他人のことのように見直し考え直してみよう——という気になったかららしかった。

枝《えだ》からぶらさげた木刀《ぼくとう》が、風にゆうらりゆらゆらと吹《ふ》かれている下に、どっかとあぐらをかいて竹刀《しない》を抱《かか》えこんだかっこうで座りこんでいる。

(そもそもが、あのときがはじまりだったよな)

(この稽古場に初めて他人が入ってきた日のことだぞ)

しかも小娘《こむすめ》ときている……。わざとのように、舞《まい》のことを小娘に見立てている。そのくせ、いまになって、

(はなから負けだったぞ、新太郎)

と、正直にみとめていた。

(あのあらわれ方と消え方。それをどちらも気づかなかったことが、その証拠《しょうこ》だ)

(あれで、あちらが敵意《てきい》をもったやつだったらどうだ?)

一も二もなく斬《き》られていたろう。

それなのに自分は、あの小娘《こむすめ》より年上だということだけで、相手を見くびっていた。いまごろになってしぶしぶみとめている。

(それにあの道場の一声《ひとこえ》。あのときは六人組と一緒《いっしょ》に、自分も舞に、してやられたんだぞ……)

あのとき、舞は一瞬《いっしゅん》の判断《はんだん》で、六人と新太郎をひとまとめに相手にしての一声をかけたのだった。自分はたしかにそれで救われもしたが、同時に六人と一緒に舞に破《やぶ》れてもいたのではなかったのか。

その舞に手合わせを——とご隠居《いんきょ》にたのもうとした自分は、まったく何も見えていなかったぞ。

（父上の剣《けん》の腕前《うでまえ》に文句など言えたものか……）

父上といちいちくらべることもなかったのだ。自分は自分ではないか。父上が言いだしかねているあのことも、こちらから聞きだすことはない。自分にとっては、もうとうの昔の出来事なのだ。

頭の中を涼《すず》しい風が吹《ふ》きぬけてくれたような思いがした。

新太郎はすっくりと立ち上がり、枝《えだ》にぶらさげた木刀に一礼《いちれい》した。

—では、まいる。舞《まい》どの……。

初めてそれを舞に見立てていた。

風にゆうらりとゆれていた木刀が、ついと動きを止めた。そしてまるで舞がそれを手にしたかのように、新太郎にむかって、すい——と動いてきた。

新太郎は正眼《せいがん》にかまえた。ゆれの止まった木刀は、ほんとに誰《だれ》かが手をそえて動かしているように、新太郎の目の前にずいと突《つ》きつけられた。

—おうりゃあ！

気合いをこめて新太郎は木刀を右に払《はら》った。妙《みょう》に大ゆれした木刀は、それこそ誰《だれ》かが槍《やり》を突《つ》き出《だ》したみたいに、新太郎の顔めがけてまっすぐに迫《せま》る。

うしろにとびすさりながら、新太郎は体を低め、下から木刀を見上げるかっこうになった。木刀は頭の真上《まうえ》を、宙《ちゅう》を切ってとびすぎた。

(まともにあたっていたらもう……)

額《ひたい》に穴《あな》があいていたのではないか——と、思わず首をすくめる。そのまたすぐ上を、もどりの木刀が走った。まるで生命を吹《ふ》きこまれたかのような動きっぷりだった。

新太郎は横にとんで次の木刀をさけた。

すると、それを見こしたかのように、木刀はぴたりとゆれを止めた。新太郎は一息ついて、木刀とまたむかいあった。たしかにいまは風がない。木刀はじっと新太郎にねらいをつけたまま静止している。

(いまだ)

新太郎は思いきって真正面から木刀と切り結ぶつもりでとびこみ、竹刀《しない》をふりおろした。

びしぃーん！　ぐうっ……。

いやな音がして、竹刀《しない》の先がくにゃりとまがっていた。新太郎はとびすさり、木刀をにらみつけたまま、竹刀をひとふりしてみた。すると、竹刀がふたまがりしてしまった。

（どうしたというんだ）

こんなことは、ここでの稽古《けいこ》で一度だってなかった。新太郎は竹刀を投げ捨てると同時につるした木刀のうしろにまわった。さきほどからの動きは、風のせいなんかではない。誰《だれ》かが木刀のうしろにいて、思いのままに操《あやつ》っていたとしか見えなかったからだ。もちろん、誰もいるわけがなかった。

新太郎は思いきって木刀にとびつき、ぶらさがってやった。

するとまた木刀は、誰かがいたずらでもしたかのように、しっかり結んだはずのところが、するりとゆるみ、新太郎は木刀をにぎったままおっこち、尻《しり》もちをついた。

(くくくく……)

新太郎は笑い声を聞いたと思った。しかもそれは、まちがいなく舞《まい》の声だった。

新太郎は立ち上がり、すばやく四方八方に目を配った。

だあれもいない。いるわけがない。さっきからの新太郎の動きはすべて一人合点《ひとりがてん》であった。まるで悪い夢《ゆめ》の中の出来事……だ。

新太郎は気がぬけて、その場にへたんと座《すわ》りこんだ。舞のまぼろしにからかわれていた気がした。それが思いすごしであったとしても、またしても負けていたこと、だけはたしかだった。

新太郎はゆっくりと深呼吸《しんこきゅう》してから、木刀をも一度木の枝《えだ》に結び直した。いつものように何度となく角度をかえる。それからおもむろに正面にまわると、

——……まいりました。

と、素直《すなお》に頭をさげていた。

(とにかく初めからやり直すんだ、新太郎。父上のことも、舞どののことも……)

そして自分でうなずくと、稽古場《けいこば》をあとにした。

また負けた――のに、なんだかすっきりとした気分になっていた。いつのまにやら体中に張《は》りついていたつっぱりを、やっとはずすことができたようだった。

（やり直せ、やり直せ……）

体の奥《おく》で、誰《だれ》かがくり返している。

新太郎は、何やらつきものが落ちたように、さっぱりした顔になって家に帰ってきた。

たかのはそんな新太郎の顔を見ると、

（おや、まるで湯上がりみたいにさっぱりした顔になって……）

と感じとったものの、言葉にはしなかった。

たかのが支度《したく》してあった夕餉《ゆうげ》を、新太郎は黙々《もくもく》とたいらげた。何もかも、きれいさっぱりとたいらげていた。

（稽古場とお城《しろ》と道場と……ですものね、そりゃあ空腹《くうふく》にもなるでしょうに）

たかのは育《そだ》ち盛《ざか》りそのもの、といった顔の新太郎をながめながら思い、

―おかわりは?

と、たずねた。

新太郎は、その声につられたように左手の茶碗《ちゃわん》を突《つ》き出《だ》しかけたが、

―いやいや、腹八分目《はらはちぶんめ》八分目……。

とつぶやくと、手をひっこめていた。

(清高どのの若《わか》いころの口癖《くちぐせ》とおんなじ……)

たかのは笑いをかみころして新太郎のようすを見ている。きのうまでの新太郎なら、そのことを口にされたら、いやーな顔をしたにちがいない。父親に似《に》ていることをいやがっていたのだったから。

けれど今夜の新太郎なら、もしそう言われても、笑って軽くうけながすにちがいなかった。

新太郎は、たかのがいれてやったお茶をゆっくりとのみほすと、

——それではお先にやすませていただきます。

と挨拶《あいさつ》して立っていった。

いったいどうしたの?——と、きこうとするまもないくらいの早業《はやわざ》であった。たかのは、新太郎が急に幼《おさな》いころの新太郎にもどったような気もちになっていた。

(あれはまた、どのようなことがあったのでしょう?)

あっけにとられながらも、ちかごろ急に張《は》ってきた新太郎の肩《かた》や腰《こし》のあたりを見送っていた。大きィなりましたわのォ……と思いながら……。

その夜、帰宅《きたく》した清高は、迎《むか》えに出たたかのに、新太郎は?ときき、もうやすんでおります——という返事に、

——どこぞぐあいでもよくないのか。

と、きき返した。たかのは笑《え》みをうかべた顔で両腕《りょううで》をふりあげ、

——このところやっとうにかまけすぎかと……。

と、言うと、清高は一瞬《いっしゅん》いやな顔になった。それが自分へのあてつけ——と勘《かん》ち

がいしてのこと、とたかのにはわかっていたが、見ていない、気づいていないの顔でとおすことにした。たかのなりに、新太郎がいつもとはちがってどこか気ざっぱりしたようすでいたのを思いおこしたせいだった。

――……何事も過《す》ぎたるは及《およ》ばざるがごとし……じゃが……。

清高はひとりごとのようにつぶやきながら着がえ、夕餉《ゆうげ》の膳《ぜん》にむかうと、新太郎とはまったく正反対に、一品《ひとしな》一品にうなずきながらゆるりと時間をかけて食べていった。たかのは、自分の一《ひと》工夫《くふう》も二工夫もしたものがちゃんと食べられるのがうれしく、言われるままに酒の燗《かん》のおかわりに何度も立っていた。

(このようにしていただくと、つくりがいもあろうというものですよ)

清高がとろりとしたようすになったところを見て、たかのは新太郎の話をもちだそうとした。ずっと気にかかっていた、あの舞《まい》さんとやらいう女の子とのかかわりのことだ。

舞――という音を耳にすると、清高の目から、とろりとしたものが消えた。いつか夢《ゆめ》にみた、桜鯛《さくらだい》姿《すがた》の舞のことが、遠い灯《あかり》のように脳裏《のうり》にともったせいらしかった。

そしてその桜鯛の泳いでいる奥《おく》にいる誰《だれ》かさんのことも思いうかべた顔になった。

たかのが言葉をつごうとしたとき、家中にひびきわたるような声の新太郎の気合いが聞こえた。

—きええいい！　おオオオ……。

清高が思わず箸《はし》を取り落としたくらいのはげしさだった。

……ふうむ。夢の中まで、あないに戦こうておるのか……。

少しばかり気味悪そうにつぶやいたとき、新太郎がのっと顔を出した。

—自分の声で目がさめてしまいました。いやはや……。

おかしそうに言い、たかのに茶漬《ちゃづ》けを一膳《いちぜん》いただけますか——と、たのんだ。たかのがつくりに立ったあと、新太郎は、

—どうやら稽古《けいこ》が過《す》ぎたようで、眠《ねむ》ったあとでも腹《はら》がすきまして……。

と、言いわけの一言をつけくわえた。

―まったく、過《す》ぎたるは――何とかと申すではないか。何事も腹八分目《はらはちぶんめ》くらいがちょうどだぞ。

―その腹八分目でおさまらないところが、若《わか》さというものでございましょう。

横から助け船を出したのは、たかのだった。

―お気づかいありがとうございます。

新太郎は、ちょっとよそいきの声でたかのに礼を言った。そして寝起《ねお》きとは思えない早さで茶漬《ちゃづ》けをかっこんでいた。

(まだまだ食い気のほうが勝《まさ》っておるようじゃな)

そう思うと、清高の脳裏《のうり》にともっていた桜鯛《さくらだい》の姿《すがた》が、淡《あわ》い桃色《ももいろ》の花になり、ゆっくりと闇《やみ》の奥《おく》にとけていった……。

第九章・びいどろ

初夏の朝のまっさらな光が、新太郎《しんたろう》の稽古場《けいこば》にもまっすぐにふりそそぐと、あの老樹《ろうじゅ》の何本目かの枝《えだ》のあたりに、ちかときらめくものがあった。

稽古場を見下ろせる少し上の草むらにのぞく、二つの目だけがそれをながめている。

（もうそろそろでしょうに……）

草むらの中の小さなくちびるが、かすかに動いた。

（あのお日さんのぐあいじゃ、あんまり遅《おそ》いと煮《に》たってしまいますよゥ）

と思っている二つの目が、少しくもった。それからすぐに笑った。

（まさか、あのびいどろがとけるなんてことは、ないでしょうけど……）

小さなくちびるが、誰《だれ》にも聞こえない声でそう言った。

朝の光は、そのびいどろをななめ切りにしながら、小さく動くものの影《かげ》をつくりだした。二つの丸い影は、草の上をからまりあうように動いている。

（ん、もう……じれったいったら……）

声にならない声が草むらにこぼれたとき、下のけもの道を一気にかけのぼってくる若々《わかわか》しい足音がした。草むらにのぞいていた二つの目が消え、そこにいた人の気配も消えた。

足音は稽古場《けいこば》の前で立ち止まり、一呼吸《ひとこきゅう》あって、新太郎が空き地《あち》に入ってきた。そして顔に手をかざすと、

—なんだ、あれは……。

思わず声に出していた。

身がまえながら、顔に突《つ》きささるきらめきをたどると、いつもの枝《えだ》に結びつけてあった木刀《ぼくとう》のなかほどあたりに光るものがくっついているのがわかった。しかもその光の中に、ゆらめき動くものが見える。

—な、なんだ、あれは！

新太郎はとびすさって、光と、その中で動くものを、ためつすがめつ見つめた。

はじめは小さな鏡《かがみ》か何かと思っていたのが、落着いた目で見ると、びいどろのいれものらしいとわかった。

初めて見る形のものであった。

びいどろには水がいれられ、その水の中に何やら動くもの——がいるのだと、ようやく見定めた。けれどそいつが何かはわからない。新太郎は気を配りながらその真下までいって見上げ直した。

黒い玉と、白と赤の玉がくるくるまわっているように見える。新太郎はそのびいどろが、木刀のすぐ横にひもでぶらさげてあるのもわかったが、

（あれは、よほどうまくつりあいを取らないとできないことだぞ……）

そう思って、腕組《うでぐ》みし、ゆっくりと背《せ》をのばし腕をのばして木刀の結び目に指をかけ、そろりそろりとおろしていった。びいどろも一緒《いっしょ》にさがってくる。

そして新太郎は、その中でくるくる動いていたものが、泳いでいる二匹《ひき》の魚だとわかって驚《おどろ》いた。まったく思ってもいなかったものなので、驚きのあまり手をはなしそ

うになり、はっと気づいて押《お》さえ押さえおろし、びいどろを枝《えだ》にかけていたひももそうっとはずした。

左手でびいどろを下に置き、右手で木刀をそろりともとにもどした。それでも大ゆれしている木刀をさけながら、びいどろをさげて草むらの陰《かげ》に移《うつ》した。日陰《ひかげ》に移されると、二匹《ひき》の小さな魚は、ふっとおとなしくなった。

(水がぬくもっていたせいか)

だから、元気だからではなく、息苦しくなりはじめたので、くるくると泳ぎまわっていたのだ――とわかった。

新太郎は、息をころし、耳を澄《す》ました。

(こんないたずら――いや、ここにやってきて、こんなものをしかけるのは、なかなかの度胸《どきょう》、なかなかの腕《うで》だぞ。ならば、これだって、あれがやったものかもしれぬ)

ならば、まだ、この近くに身をひそめているかもしれんぞと、あたりをつけはじめた。

（いたずらどころか、たいしたおためしだ。こちらの目と腕《うで》をためしてるんだ）

むっともしながら、「出てくるんだ！」と言おうとして一呼吸《ひとこきゅう》し、できるだけおだやかに、

―びいどろの持ち主はわかっています。出てきてはいかが。

と、声をかけていた。

返事、なし。

しんとした、木々の梢《こずえ》で、ふいに、さんざめくように鳴きかわす鳥の声がした。

以前の新太郎なら、それでもじたばたと走りまわり、草むらを竹刀《しない》でたたきまわしてでもして、かくれている持ち主のことを探《さが》したにちがいなかった。あげくのはてに、草むらの陰《かげ》に置いたびいどろをひっくり返し、中の小魚もほうりだすひとさわぎ――ということにもなりかねなかっただろう。そこをじっとおさえようとする小さなゆとりのようなものが、その朝の新太郎の中には芽ばえていた。

――……やれ、やれ、ふうむ……。

苦笑《にがわら》いしながら、びいどろのひもに指をかけ、とりあえずもち帰ろうと思った。来た以上は一稽古《ひとけいこ》を――と思わないところも以前とちがっている。

(ま、朝の稽古をやめたぶんは、道場でうめあわせればよいではないか)

それよりも、これは何という魚かな?

新太郎がびいどろの上からのぞいてみると、魚は驚《おどろ》くほど小さく見えた。その二匹《ひき》に、新太郎はまじめな声で呼《よ》びかけていた。

―おい。お前さんらを連れてきた者にかわって名を名のれ。初めて見る顔だが、それくらいの挨拶《あいさつ》はしてもよかろう。

二匹が答えるわけがない。そのかわりみたいに、小さなひれをこまめに動かして泳ぎまわっている。新太郎は、なんだか釣《つ》りからの帰りみたいな気分になっていた。えものは小さすぎるやつだが、どこかほくほくさせるところもあるのだ。

新太郎は足早に山をおり、家にむかった。

新太郎の早すぎるもどりようをいぶかるたかのに、新太郎はびいどろをだまってさしだした。たかのはなんと、べつに驚《おどろ》いたふうもなく、

――まあ、これがいまお江戸《えど》ではやっておるという、びいどろの金魚玉なのですね。

と言った。知っていたのだ。

――きんぎょだま、ですと？　はあ？

新太郎は、とんきょうな声でくり返した。

――ならばこの小魚、きんぎょだま、というのですか？

――金魚玉はいれもののことですよ。魚は金魚。びいどろやが売っておるとか。

――きんぎょ、ですと？

新太郎は、食べにくいものの名のようにまたくり返した。

――もしや、これもまた、いつかのご隠居《いんきょ》に会《お》うていただいたものですか？

たかのは、ほほえみながらきいた。

――とんでもない。あの方が買われるのは、商売もの、食べるほうの魚ばかりで。こ

れは見たところ、食べるにしては小さすぎましょう?

—もっと小そうても、おいしくいただける魚もいろいろありましょうが、これは、見るだけのもの。こうしたものもあってよろしいではありませんか。もっとも……。

新太郎むきのものではないようですが、とつづけようとして、たかのは口をつぐんだ。

—とにかく今朝ほど、あの稽古場《けいこば》にまいりまして見つけたものですが、何やらわけありの気がします。おあずかり願えますか。城《しろ》よりもどりましたら、あたりたいところもございますので……。

—よろこんであずかりましょうとも。ゆるりとながめ、たのしませてもらいましょう。

言いながらたかのは、もう目のはしで金魚玉をつるす場所を探《さが》している。

(お気もちのお若《わか》い母上だ)

新太郎は、そんなたかののことがうれしかった。

新太郎が門を出がけにふりむいてみると、たかのはもう、つるした金魚玉を下から見上げていた。びいどろがちかと光る。今朝見つけたときとおなじ小さなかがやきに見えた。

＊

その日めずらしく早帰りした清高は、それを見るなり声をあげた。

たかのが説明すると、下から見上げ、ほう、これが金魚で、これを金魚玉と申すのか。ほう、ようふくらんでおる。子ふぐのようにも見えるの。それにしてもふわふわとうきしずみしよるのが、見ておっておもしろいものよの……と、感想をもらした。

若《わか》いころから海釣《うみづ》り好きだった清高にしてみれば、どのような魚でも、どう食べられるか——という目で見ていたものだから、ただながめてたのしみます——というたかのの説明を聞くと首をかしげ、

—そのようなものもおるのか。

と、つぶやいていた。それから、
—どなたからのいただきものかな?
と、きき、
—新太郎がもち帰りました。
という返事に、
—やはりのう……。
はなから誰《だれ》かからのいただきものと決めている。
—もしや、あのご隠居《いんきょ》どのからの……。
清高も、たかのとおなじことを口にしていた。
—それが、ちがう、と申しております。
—……。
—山歩きしていた折《お》りに見つけたものだとか……。
—山で魚を——だと? それはまあないことでもあるまいが、その金魚玉とやらいうものにいれてあったのがわからぬ。

清高はあの稽古場《けいこば》のことは知らないでいる。だからたかのも山歩きと言葉をにごしたのだった。

たかのが、どう答えようか、ちりちり迷《まよ》っていたところに、新太郎がもどってきた。顔の右頬《みぎほお》に大きな青あざができていた。新太郎はべつにそれをかくそうともせず、

——油断《ゆだん》いたしまして、一本取られました。

と、あっさりそのわけを話した。

——帰りに道場で、一本勝負をと言われて受け、見事に打ちこまれまして……。

(これはまた、したたかな一撃《いちげき》じゃの。またえらく手荒《てあら》な稽古《けいこ》をしよる道場よの。とはいうても、少しはよけようもあったろうに……)

自分の剣《けん》の腕前《うでまえ》のことは棚《たな》にあげて、清高はしぶい顔になっている。金魚玉のことは消しとんだ顔だ。それでも、

——油断のもとは何であったかな?

と、きいていた。

—は。金魚のせいでございましょうか。

新太郎は、わるびれずにすぐに答えた。

—なに、あれのせいと申すか?

清高の目がまた、たかののつるした金魚玉にむけられる。

(初めて見たものゆえ、そのものめずらしさが忘《わす》れられず、試合中にも気もちのかたすみで金魚がうかんでいた——そのせいだと申すのか)

それにしてもそのような自分の隙《すき》を、いともあっさりと口にしよるものよ——と、いつも弱味というものをかくそうかくそうとつとめてきた清高には、わからぬところだった。

(これまでは、こんなふうではなかったぞ、新太郎。かくそうとはしないまでも、いろいろと心配りはしておったろうが……。以前ならまず、頬《ほお》のあざなど見せまいと、何か理由をつくってでも自分の部屋で寝《ね》ておったろうに……)

そうたどってきて、清高もさすがに小さく膝《ひざ》を打つ思いで、

(新太郎め、かわりおったな)

と、合点《がてん》していた。それならきき方もあるぞ……。

―ところでその金魚玉、山で拾うたと聞いたが、まことか?

新太郎は、だまったまま小さくうなずいた。

―あのようなものが山に落ちておるとは思えぬ。誰《だれ》ぞが山にもちこんだものではないのかな。

―そこがわたしにもわかりませぬところで……。

言葉はにごしながらも、新太郎の目のはしには小さな笑《え》みがうかんでいるのを、たかのは見のがさなかった。

(あれは、その誰かのあてがついていてだまっている目ではありませぬか……)

けれど清高のほうは気づかぬまま、

―それに、あれはうちのご城下《じょうか》あたりではないものだ。それくらいは知っておる。

—江戸《えど》までまいりませんと手に入りません。

たかのが助け船を出した。

—それなら、江戸《えど》から誰《だれ》ぞが、わざわざこのあたりの山にまで運んできた、とでもいうのかな。

—気まぐれにしても、手がかかりすぎましょう。

今度は二人で顔を見合わせている。

新太郎にしても、あの七蔵《しちぞう》さんのことなど知るわけがない。正直、誰が何のためにあれを江戸から運んできたかは見当もつかない。ただ、あのとき、自分がつるした木刀に寄《よ》りそうようにぶらさげたにしては、つりあいの取り方がうまかった。そんなことができるのは——と考え、あの場所と合わせてそちらのあてをつけていただけだ。

(それにしても何のために?)

と思うと、それもわからなくなる。

だから、さっき目のはしにうかんだ笑《え》みも、何もかもわかっていてかくしてのものではなく、やはり困《こま》ってのものだったのだ。

いまになって、新太郎が早まったぞと思っているのは、あれをあんなにさっさとはずすべきではなかった——ということだ。結びようや、さげるときのつりあいの取り方などを、ちゃんとたしかめておくべきだった……。

いまとなっては、たしかめたければ、もう一度自分でさげてみるしかない。

—まあ、ものがものだけに、べつに深く詮議《せんぎ》するものでもなし……。

と、清高が言いだした。

—しばらくうちであずかっておれば、いきさつがわかることもあろう。

—新太郎、いっそ道場でうわさでも流してみれば?

—はあ?

—思いがけぬところから謎解《なぞと》きができるかもしれませんよ。

—はあ……。

それから三人そろって金魚玉に目をやった。

——小さくとも涼《りょう》をよびますね。

たかのが言い、男のほうは二人して顔を見合わせていた。見方がちがうのだ——と、新太郎は思い、やっぱりあれは舞《まい》さんしかないぞ……と、腑《ふ》に落ちる顔になった。となると、本人にあたってみるしかない。

(出かけてみるか)

と思った。

父上にたのんで——とは思わなかった。やはり新太郎はかわったというか、何かがふっきれていたものらしい。

(ご隠居《いんきょ》と朝、市場でお会いしたように、店をあける前にたずねればすむことだ)

次の休みの日にでも出かければよいことだった。

(ま、あれをぶらさげてあそこまで歩くのは、いささかことかもしれないが、べつに生首《なまくび》でもさげているわけでなし……)

新太郎は、あまりにもかわったものとくらべているのに気づかず、とにかくそうしてみよう……と決めていた。

—わたくしなりのあてがつきましたゆえ、近々《ちかぢか》あたってみとう存《ぞん》じます。

新太郎は妙《みょう》によそいきの言葉で二人に申し出ていた。

—左様《さよう》か。

つられて清高も受けた。

—それならそれで、それまではうちでおあずかりすることにいたしましょう。

たかのはなんだかうれし気《げ》に言った。

＊

あのとき稽古場《けいこば》の上の草むらからのぞいていた二つの目の持ち主——やはり、舞《まい》が、も一度稽古場をのぞきにやってきていた。木刀だけが風にゆれているのを見て、またひょいと消えていた。——

あくる日、舞がいつものように野菜《やさい》の下ごしらえをしていると、ご隠居《いんきょ》がたずねた。

—市場の帰りに七蔵《しちぞう》さんと会《お》うてな、しばらくぶりに立話してきた。なんだ、七蔵さんと二人で会うたこともあったと聞いたぞ。顔を見りゃかくしごとなどできないお人だ。わしの師匠《ししょう》から教《おそ》わった料理もつくっておったのか。そいつはありがたいことじゃが、別れぎわに、何やらちょいとしたものを、舞さまにおもちしましたとも言うておったぞ。そりゃ何かな?

舞はわるびれもせずに、はきはきと答えた。

—ちょっと人さまにおあずけしてありますが、近々お返しにみえると思います。

—ほう。それじゃ、そのときまでのたのしみにしておこう。

ご隠居《いんきょ》はそれ以上きこうとはしないで、自分の仕事にかかった。舞もべつに何もなかったかのように、そらまめのさやをむきだした。少しずつ日ざしが強くなりはじめていた。

第十章・少うし先の話

舞《まい》はご隠居《いんきょ》に、うそをついたわけではなかった。気もちの奥《おく》には、（新太郎《しんたろう》さまが、ちゃんとものを見ることができる人だったら、きっとあれをもってきてくださる……）

という思いがあったからこそ、あんなふうに言えたのだ。

新太郎は、まさにあれを返しにやってきてくれた。

次の休みの日の午後いちばんに、新太郎は金魚玉を竹刀《しない》にぶらさげ、その竹刀を肩《かた》に、一人で茶屋町にやってきた。この町もこれで三度目だったうえ、昼間は、やはりこの町の顔もちがって見えた。

新太郎は、自分の住む町のつづきのように見えるあの小橋を渡《わた》り、「まい」ののれんを目指《めざ》して、まっすぐに歩いた。

（いまなら二人ともおられることだろうか）

と、考えていた。

以前なら、それだけでも少しはひるんだにちがいない。それが、いまは気にならなかった。とにかくあてをつけた舞さんにきいてみよう——としか頭になかった。すたすたすた——という足取りで、新太郎は「まい」の店の前に立っていた。そこで初めて、ここでどう声をかけたものかと、とまどっていた。まさか道場にやってきた修行者《しゅぎょうしゃ》のように、「たのもー」などとも言えない。むむむ……。

(どうするか)

というふうに、新太郎はふりむいて、竹刀《しない》にぶらさげている金魚玉の金魚を見た。

金魚は、歩いていたときのゆれがおさまったせいか、元気に泳ぎまわっている。

(どうする?)

新太郎は、もう一度金魚にきいていた。

そのとき、表の人の気配に気づいた舞が、そっと戸に手をかけた。

—どなたさまですか?

——……大木新太郎です。

やっぱり——という小さな吐息《といき》が舞《まい》の口からもれ、戸をあけて、顔を出した。

新太郎は竹刀《しない》を肩《かた》からはずし、金魚玉をそっとおろした。こほんと小さく咳払《せきばら》いしてから、

—これを、あそこにどのようにさげられましたか。

と、まっすぐにきいた。こわい目になっている。

舞は、ちらと笑って、金魚玉を竹刀にぶらさげてあったひもをもちあげ、三歩さがって、自分の顔の前につんとぶらさげてみせた。

新太郎は、つつつ——と三歩さがって、そんな舞を見た。そして、

——……!

言葉をなくしていた。

舞は、金魚玉を片手《かたて》でぐいとさしあげているかっこうになっている。ところが、金魚玉のうしろの舞の姿《すがた》が、新太郎には見えないのだ。

新太郎は左にとんだ。

舞は右にとんだ。

すると、新太郎の目には金魚玉と、そいつをぶらさげている舞の右腕《みぎうで》の手のところしか見えないのだ。

(こ、これは、いかなる術《じゅつ》……?)

新太郎は、つつ——とうしろにさがった。そのぶん、舞は、つつ——と前に押《お》して出る。舞の姿《すがた》が金魚玉のうしろで消えているのは、さっきとおなじだ。

新太郎はあせっていた。このようなる術、見たこともないぞ……。

そのとき、

(ふふふ……)

舞が笑った。

するといきなり、金魚玉を目の高さにぶらさげている舞の姿が、新太郎に見えた。

(どういうことだ?)

新太郎には、舞《まい》の「術《じゅつ》」がよけいにわからなくなった。

—このようにさげたものでございました、あそこにも……。

舞は、ゆっくりと言った。

—むむ……。ま、まいった！　まいりましたァ。

新太郎の口から、思わずその言葉がとびだしていた。

—まっ。

舞は、ほんとうに驚《おどろ》いている声になった。それがすぐに笑いのまじった声になり、

—そのようなご冗談《じょうだん》を……。

—いや。真底《しんそこ》からの言葉でござる。

—……ま。

も一度おなじ言葉を口にしながら、舞はもう笑っている。

（ござる……ですって。ふふふ……）

—そのように堅苦《かたくる》しくお考えにならなくっても……。

――堅苦《かたくる》しくも何も、まったく正直なところを申しあげただけです。

――さっきのは、とっさにやりましただけの動きでございました。

(とっさにだと? それがあのような術《じゅつ》だというのか。それがまたあそこの仕掛《しか》けにもなっていただと?)

新太郎は、つばのかたまりをごくんとのみこんでからきいた。

――どちらもご隠居《いんきょ》さまのお仕込《しこ》みでしたか?

――いいえ、自分流のやり方でございます。

ふうむ……と、新太郎は思わず腕組《うでぐ》みしてしまい、次にきく言葉をなくしていた。

そのとき、舞のうしろで声がした。

――どなたかお客さまかな?

ご隠居の顔が、舞の横に並《なら》んだ。

――おや、これは……。

――金魚玉をお返しにいらしたのです。

舞《まい》が説明した。

――こちらにおあずけしてあったのかい。

――はい。めずらしいものなので、先夜おいでいただいたこちらのお母さまにお目にかけたくて……。

――そうだったのかい。ま、お入りいただけば……。

と言いながら、ご隠居《いんきょ》は金魚玉をぶらさげた。ひょいともちあげただけだったが、金魚玉の水の面《おもて》にはさざ波のかけらもない。中の金魚はおっとりと泳ぎまわっている。赤い花びらのようなののまわりを黒いのが泳ぎまわっている。ご隠居は金魚玉を、入ったところにある大きな花瓶《かびん》の横にそっと置いた。びいどろごしに花咲《はなさ》く水中に、二匹《ひき》が泳いでいるように見える。

――花がまた、二人をひきたてよる。

ご隠居が言った。

――魚だって恋《こい》をいたしましょう。

舞が、澄《す》まして言った。

——ほほ。花がそれをことほいでおると言いたいのかな。

ご隠居《いんきょ》が笑った。

——こんなに元気にうれし気《げ》に生きておりますもの。

——それが見る者をも、うれしゅうするということかな。

——わたしにはそう見えるものですから……。

——それはまたお前の気もちでもあるな。

舞の大人びた言い方とご隠居のやりとりを、新太郎はどこか禅問答《ぜんもんどう》か何かのように聞いていた。

——とにかく新太郎さまがわざわざ返しにおもちくださいました。まだこのような時間ですが、一口召《め》しあがるものでも支度《したく》してまいります。

舞が、すいと奥《おく》に消えた。

新太郎は一拍《いっぱく》おいてから、

―舞《まい》どのの自分流、見事でございました。

と、本心を言った。実際、感服《かんぷく》していたから、どうしても言っておきたかったのだ。

―ま、あれは料理も自前というか、自分流に工夫《くふう》してやります。それがけっこういけるものでしてな。こちらも工夫することになります。

―ははあ……。いえ、そのほうではなく、やっとうの腕《うで》のことで……。

―それも自分流に工夫したものでしょうが、いまは料理のほうが大事でしての。

―料理の工夫とやっとうの工夫、重なるところがあるものでしょうか。

―相手を見すえてかかるということでは、です。

新太郎はなぜかとつぜん竹刀《しない》を包丁《ほうちょう》にもちかえたくなった。

―料理というものも、誰《だれ》にでもできるものでしょうか。

―このわたしでも何とかやっております。

ご隠居《いんきょ》は目は笑っているが、口ぶりは真面目《まじめ》である。

―そちらのほうに入門――なら、させていただけましょうか。

——そいつはこのわたしではのうて、あれにきいてみませんと……。なにしろこの先長いこと、ここをやっていくのは、あれになりますからなぁ。

——はっ。

新太郎はあの道場に入門したとき、師範代《しはんだい》の前でかしこまっていた姿《すがた》になっている。

——しかし、そんなにがちがちになっておられては、そんな手の包丁《ほうちょう》で切られるほうも痛《いた》がりましょう。

——痛がるとは、魚や野菜《やさい》がですか。

——はい。その肩《かた》の張《は》りぐあい腕《うで》の動きは、やっとうにむいているものですな。

——は。

——わたしは刀を捨てました。そこからがはじまりでした。あれは刀はもっておりませんでした。しかし、わたしとおなじくらい思いきってここにとびこみました。

——……はっ。

——その「はっ」がいけません。わたしの師匠《ししょう》の七蔵《しちぞう》なら、まずそこを叱《しか》りましょう。

——は。あ、いや……。

——ごらんなされ。あそこの金魚玉の中の二人のように、まあず肩《かた》の力をぬいて泳いでみてからのこと……。

あれきり姿《すがた》を見せない舞《まい》のことが気がかりだったが、とにかく返すものは返したうえは、長居《ながい》もできなかった。新太郎はご隠居《いんきょ》にだけ挨拶《あいさつ》して「まい」を出た。帰り道々、さっき自分の口からこぼれて出た言葉に念を押《お》していた。

(自分はまたどうしてあのような「申し出」までしてしまったのか)

(それは料理術《りょうりじゅつ》の中に自分が探《さが》し求める剣《けん》の術もあるかもしれぬ——と思ったためだ)

(あのご隠居にお手合わせやご指南《しなん》をしていただけない以上は、べつの道を探すしかないし)

(それは、舞どのにあれらの術をお教えいただくことだ。ただし、料理道とやらでの

うえのことになるが)
新太郎はわが家の前をいきすぎてもまだ、そうした問答をつづけていた……。
おなじころご隠居《いんきょ》は、いつものようにどじょう鍋《なべ》に使うどじょうをさばきながら、
(舞のやつ、あの若者《わかもの》のことがどうやら気にいっておるのではあるまいか。あの生真《きま》
面目《じめ》さとひたすらなところが、かの……)
また同時に、
(ま、年寄《としよ》りの冷《ひ》や水《みず》、いらぬ心配いらぬお世話というところであろうかの……)
と、思っていた。そこで一つ息をつくと、じきに包丁《ほうちょう》を取り直して、さばき仕事
にもどっていた。

＊

その日、いつもよりよほど早く帰宅《きたく》した清高は、とにかく大決心した目になって、
たかのと新太郎に言いわたすように、
—今夜はあの店に三人してまいるぞ。

と、命じた。ちかごろにはめずらしい言い方だった。それでも少し声を低めてつづけた。

―いや、ま、遅《おそ》まきながらのわしの全快祝《ぜんかいいわ》いということにしてな。世話やら心配やらをかけた二人に馳走《ちそう》したい。

そして、めずらしく三人うちそろって茶屋町にくりだすことになった。そうしながら清高は、三人そろうてどこかへいくといったことは、何年ぶりのことか……と、胸《むね》のうちで数えていた。

新太郎は、「まい」に返しにいった金魚玉のことが気がかりだった。二人にはまだ話していないし、たかのも、手ぶらでもどった新太郎に何もたずねなかった。それが、あのまま花瓶《かびん》のところに置かれていたりしては、わかってしまうではないか。いやいや、ああした店にはちかごろでは金魚玉を飾《かざ》っているところもあるのではないだろうか。たかのはともかく、清高が、金魚玉を見ておなじものだと気づくことさえなければ、それはそれでべつにかまわないことだったが――。

たかのは、茶屋町の灯《あかり》に照《て》らされている清高の横顔にちらと目をやりながら、

(何かかわられたところがあるような……)

と、思っていた。道々清高は口をきかなかったが、腹《はら》の中には言いたいことがつまっている目になって歩いている。そして、そんな清高の足取りは早くて、じきに「まい」ののれんの前についてしまった。

清高がほんの一瞬《いっしゅん》ためらったあと、のれんに手をかけると、それを待っていたかのように、舞《まい》の声が、

—いらっしゃいませ……。

歌うように言った。つづいて、

—三人さまァ……。

と、とおしていた。奥《おく》のほうでご隠居《いんきょ》の応《こた》える声がした。舞は三人を奥の小部屋にとおした。ここまではこれまでとおなじであった。ちがったのはそこで清高が、

—今夜はこの二人の好きそうなものをみつくろっていただくように……。

と、たのんだことだ。よろしゅうございますとも、と歯切れのいい声を残して舞《まい》が立ち去ると、

―ところで花瓶《かびん》のわきに置いてあった金魚玉のことだが――。

清高が言いだした。

―ちかごろこうした店でも置くのがはやりになっておりますとか……。

たかのが言いかけると、

―そうかもしれぬが、ここのは今夜からではないかな。

と言うのだ。清高は、なにしろあの二匹《ひき》、顔に覚えがある……と、つづけて笑った。

―今朝わしが登城《とじょう》するときにはまだ家におった二匹じゃ。あの赤と白のほうの紋様《もんよう》に覚えがあるでな……。ま、山からここへ来ることになったいきさつはよい。それよりも今夜こそ二人にも聞いてもらいたい話があってな……。

（ずうっと言いそびれてらした、殿《との》のご不興《ふきょう》をこうてしもうた――という話だな）

新太郎は、そっと居住《いず》まいを正していた。たかのは――もうよろしいではございま

せんか、このようなお店で――と、口まで出かかった止め言葉をどういたしましょうと、もじもじしている。

そこへご隠居《いんきょ》が、すいと入ってきた。

――まずは小さな巻き貝《まがい》を召《め》しあがってくださいまし……。

新太郎がご隠居の手許《てもと》の器《うつわ》に目をやったとき、清高が、ついと体をのりだして、ご隠居の前に両手をついていた。

――一度、正念《しょうねん》からおわびもし、お礼も申しあげとうござった。

――お手をおあげくださいまし。

ご隠居はやわらかに清高の腕《うで》に手をかけた。清高はかまわずつづけた。

――あの折《お》りは、手前の勝手なやりくちにもかかわらず、一命《いちめい》をお助けいただき、ありがとうござった。

――何をまたおおげさなことを……。

――私《それがし》が殿《との》のご不興《ふきょう》をかい、録高《ろくだか》を減《げん》じられたのは、もっとものこと。

—何のことやら……。

—いや、お聞きください。そのあと屋敷《やしき》も移《うつ》り、手狭《てぜま》な家にて暮《くら》すことになりました。一時は隠居《いんきょ》も考え申した。それでもこの二人、ちくともぐちを申さず、私《それがし》めに仕《つか》えてくれました。

清高はそこで二人にむき直って手をついた。わし一人見栄《みえ》をはり、空威張《からいば》りをつづけ、ずいぶんといやな思いをかけつづけてきて、まことに……。

—もうよろしいではございませんか。

と、たかのが言い、

—今夜は父上の全快祝《ぜんかいいわ》いではございませんか。

と、新太郎が受けた。

—いやまったく。それでもう充分、充分……。

ご隠居《いんきょ》がおだやかな物言いでつづけ、そこへ舞《まい》が次の一品《ひとしな》をもって入ってきた。

—少うしばかし早いのでございますが、初なすの田楽《でんがく》で——

と言いかけて、かたまっている清高の姿《すがた》をまんまるな目で見つめた。

―ま。

その声に、清高の姿勢《しせい》がくずれた。ご隠居《いんきょ》がすばやく器《うつわ》を並《なら》べ、舞《まい》がつづいた。

―どうぞお召《め》しあがりくださいまし。

舞は澄《す》ました声にもどって言い、清高はつづけるはずの（私《それがし》なんぞ、見かけだおしのへなへな武士《ざむらい》。それを見限《みかぎ》ることなく仕《つか》えてくれた二人に礼を申したく、今夜、まいりました。いや、二人とも、いやいや、二人のほうが、わかっていてくれ申した……）というところを、小さな貝の身と一緒《いっしょ》に噛《か》みつぶし、のみくだしていた。

二人は何も聞かなかったかのような顔で、料理を味わっている。

舞が徳利《とくり》を二本もって入ってきた。

―奥《おく》からのものでございます。これでいろいろなことども、ゆるりとおとかしください、とのことです。

―……かたじけない。

清高が低声《こごえ》で礼を言った。

—おとかしいたしましょう。

たかのが徳利《とくり》をもちあげて言った。

小部屋の外に舞の姿《すがた》がすいと消えた。新太郎はなぜだか大きなあくびを一つしてしまった。

—失礼しました。

と言ってから、

—山で見つけた金魚玉の持ち主、わたしがあたりをつけたとおりでございました。

と、報告《ほうこく》した。

清高とたかのが顔を見合わせた。

—と言うと、ここの——

—舞どので、ございました。

それから今度は新太郎の口から、せきを切ったように、舞との出会いやら、道場での一声やらから、舞《まい》の「おためし」やら、金魚玉かくれの術《じゅつ》（と、新太郎はおかしそうに言った）までのいきさつが語られた。

二人はもう一度顔を見合わせた。

―喉《のど》がかわきました。

新太郎がかすれ声で言った。

―かるく一杯《いっぱい》やるか。

―いただきます。

―どうだ？

―……おいしゅうございます。

―思うておったとおりだ。

―もう一ついただきます。それに、母上も、いかがでしょう。

―ん？　たかのもいけると言うのか。

―ご存《ぞん》じなかったのでございますか、父上。

――んにゃ、知らなかったわけでもないが……。

――いただきましょうか。

たかのが笑いながら言った。新太郎が徳利《とくり》をとった。けれど、清高がすばやくもう一つのでついだ。

（こ、ち、ら、のほうは早業《はやわざ》だな、ん……）

新太郎は苦笑し、思いきったように少しばかりお願いがございます――と切り出してから、二人にむかって姿勢《しせい》をあらためた。

――少うし先の話でございますが……。

――……。

――わたくし、考えるところございまして、ここのご隠居《いんきょ》につきとうございます。

さすがに、舞《まい》どのに――とは言えなかった。

――ん？　つく、と申すと……。

――教えを乞《こ》いに――ということでございます。

（あ、いや、ここのご隠居《いんきょ》はもうご隠居でもなく武士《ぶし》でもなく、料理人であるぞ……）

と言いたかったところを清高は、のみこんだ。たかのは、だまって静かにほほえんでいる。

—少うし先の話でございます。

新太郎が念を押《お》した。

—あ、ん？　少うし先の話、だな、ん。

清高がしぶしぶのように小さくうなずき、

—よろしいんじゃございませんか。

と、たかのが静かに清高にむかって言い、新太郎がほっとしたように膝《ひざ》をくずした。

そのとき、小部屋のむこうにひっそりと立っていた人影《ひとかげ》の口から、ふうゥ……という可愛《かわい》いためいきがもれたのを、こちらの三人ともが聞きのがしていた。

夏の夜にしてはすがすがしい夜気《やき》が、小庭にむかってあけられていた丸窓《まるまど》からつうつうと入ってきている。

―月がそろそろまんまるになりますね。

たかのがつぶやき、

―あれが欠《か》けて、三日月になり、また太ってきよるのは、少うし先の話――になるの……。

と、清高。

―はい。

新太郎も月を見上げた。月が夜の空で金魚のように、ゆうらゆうらとゆれているように見えた。

(もう酔《よ》うてしまったか……)

新太郎は、思わず頬《ほお》に手をやった。なぜだかとても熱い気がした……。

今江祥智《いまえよしとも》

1932年、大阪府生まれ。
日本児童文学者協会賞、野間児童文芸賞、小学館児童出版文化賞などを受賞。
作品に、
『そらまめうでて、さてそこで』（文溪堂）
『袂のなかで』（マガジンハウス）
『ぼくのスミレちゃん』（旬報社）
『子どもの本・持札公開 a』『子どもの本・持札公開 b』（みすず書房）
『今江祥智ショートファンタジー』全5巻（理論社）
絵本の翻訳に、
『ヴァイオリニスト』（ＢＬ出版）、など。
京都市在住。

長新太《ちょうしんた》

1927年、東京都生まれ。
文藝春秋漫画賞、絵本にっぽん大賞、講談社出版文化賞絵本賞などを受賞。
作品に、
『みみずのオッサン』（童心社）
『つきよのキャベツくん』（文研出版）
『ごろごろにゃーん』（福音館書店）
『ひとつ・ふたつ・みっつ』（今江祥智・文、ＢＬ出版）
『なんででんねん天満はん』（今江祥智・文、童心社）
『長新太のチンプイプイ旅行』（平凡社）、など。
東京都渋谷区在住。

魚だって恋をする

2004年10月20日　第一刷発行
2005年 6 月20日　第二刷発行

作――今江祥智
絵――長新太
発行者――工藤俊彰
発行所――ＢＬ出版株式会社
神戸市中央区多聞通2-4-4　電話078-351-5351
印刷所――株式会社図書印刷同朋舎
製本所――株式会社　オービービー
装幀――杉浦範茂
編集――成澤栄里子

ISBN 4-7764-0086-3 NDC913 215P 20cm

BL出版の児童文学

五月の力
作 橋本香折 ✚ 長新太 絵

さつきの目の前に現れたのは、恐竜！　妙なものが見えてしまうのは、かわりのクラス担任が来てからだった……。自分の居場所を求めて悩む少女の姿をさわやかに描く、ラブ・ファンタジー。

卵と小麦粉それからマドレーヌ
作 石井睦美 ✚ 長新太 絵

ママが爆弾発言をした。わたしをおいてパリに留学⁉　それも半年も⁉　大ショックの菜穂は、親友の亜矢に相談に行って……。突然やってきた悩みに奮闘する少女の、コミカルな自立白書。

さらわれる
作 岩瀬成子 ✚ 長新太 絵

父の死、転校。新しい友だちとは、なんだか気持ちがうまく通じない。そんなとき男の子の行方不明事件がおきた。男の子を探すうちに、芽衣の関心はどんどん怪しい老人へと向いていって……。

ゲキトツ！
作 川島誠 ✚ 長新太 絵

「フォワード失格だよ」。チームメイトにそう言われた陽平が、急に活躍できるようになったのは、実は超能力のおかげ⁉　でもその力は、陽平の意思ではコントロールできないものだった……。

ニコルの塔
作 小森香折
絵 こみねゆら

修道院学校での静かな生活。だが、そこには大きな秘密が隠されていた。秘密にただ一人気づいたニコルに、危険が迫る。ニコルの運命は？　――不思議な猫に導かれる、ミステリアス・ファンタジー。

第5回・ちゅうでん児童文学賞大賞受賞
第22回・新美南吉児童文学賞受賞

キス
作 安藤由希
絵 ささめやゆき

うまく伝えられない思い、すれ違う思い。でも、通い合わせたい……。三人の中学生が抱える、それぞれの事件。そして三人が出会った、三つの〝キス〟とは。
――温かな気持ちを届けるオムニバス。

第6回・ちゅうでん児童文学賞大賞受賞

近刊